D1063296

Le Chien de Culann

Dans la même série

Celtina, La Terre des Promesses, roman, 2006.

Celtina, Les Treize Trésors de Celtie, roman, 2006.

Celtina, L'Épée de Nuada, roman, 2006.

Celtina, La Lance de Lug, roman, 2007.

Celtina, Les Fils de Milé, roman, 2007.

Celtina, Le Chaudron de Dagda, roman, 2007.

Celtina, La Chaussée des Géants, roman, 2008.

Celtina, La Magie des Oghams, roman, 2008.

Jeunesse

Les pièces d'or de Nicolas Flamel, série Phoenix, détective du Temps, Montréal, Trécarré, 2007.

Le sourire de la Joconde, série Phoenix, détective du temps, Montréal, Trécarré, 2006.

Le Concours Top-Model, Montréal, Trécarré, coll. « Intime », 2005.

L'amour à mort, Montréal, SMBi, coll. « SOS », 1997.

La falaise aux trésors, Montréal, SMBi, coll. « Aventures & Cie », 1997.

Une étrange disparition, Montréal, SMBi, coll. « Aventures & Cie », 1997.

Miss Catastrophe, Montréal, Le Raton Laveur, 1993.

Adultes

Verglas (avec Normand Lester), Montréal, Libre Expression, 2006.

Quand je serai grand, je serai guéri ! (avec Pierre Bruneau), Montréal, Publistar, 2005.

Chimères (avec Normand Lester), Montréal, Libre Expression, 2002.

Corinne De Vailly

Celtina

Le Chien de Culann

Les Éditions des Intouchables bénéficient du soutien financier de la SODEC et du Programme de crédits d'impôt du gouvernement du Québec.
Nous remercions le Conseil des Arts du Canada de l'aide accordée à notre programme de publication.
Nous reconnaissons l'aide financière du gouvernement du Canada par l'entremise du Programme d'aide au développement de l'industrie de l'édition (PADIÉ) pour nos activités d'édition.

ASSOCIATION NATIONALE DES ÉDITEURS DE LIVRES
Membre de l'Association nationale des éditeurs de livres.

LES ÉDITIONS DES INTOUCHABLES
4701, rue Saint-Denis
Montréal, Québec
H2J 2L5
Téléphone : 514-526-0770
Télécopieur : 514-529-7780
www.lesintouchables.com

DISTRIBUTION : PROLOGUE
1650, boulevard Lionel-Bertrand
Boisbriand, Québec
J7H 1N7
Téléphone : 450-434-0306
Télécopieur : 450-434-2627

Impression : Transcontinental
Illustration de la couverture : Boris Stoilov
Conception de la couverture et logo : Benoît Desroches
Infographie : Geneviève Nadeau

Dépôt légal : 2008
Bibliothèque et Archives nationales du Québec
Bibliothèque nationale du Canada

ISBN : 978-2-89549-337-2

Un merci tout spécial à
Josey (Tulann) St-Pierre

Chapitre 1

Inconsciente des grands changements qui secouaient Ériu, Celtina parcourait les terres de la déesse Camars* en s'attardant sur les beautés du paysage marécageux. Elle cueillait des plantes inconnues, comptant demander à Tifenn l'utilisation qu'elle pourrait en faire. Originaire de la forteresse de Ra, située dans cette région, son amie saurait assurément la conseiller.

Même si Celtina avait hâte de retrouver Tifenn et son vers d'or, la jeune prêtresse n'avait pas encore pleinement conscience que la situation était plus critique qu'elle le croyait. Les choses se dégradaient de plus en plus pour les Celtes fidèles aux Tribus de Dana. Dans l'île Verte, l'inquiétude était palpable. Certains Gaëls, menés par Tigernmas*, le successeur d'Érémon*, tentaient d'imposer un culte infernal en exigeant le sacrifice d'un enfant sur trois à une idole de pierre en forme de serpent lové, entourée de douze menhirs.

Finn et les Fianna, qui devaient obéissance au nouvel Ard Rí des Gaëls, n'avaient pu faire renoncer le Haut-Roi à ses ambitions, malgré des mises en garde répétées et de nombreux discours pour tenter de le dissuader. La troupe de chasseurs-guerriers se tenait désormais à l'écart de la Terre du Milieu, et Finn s'était retranché avec une partie de ses hommes dans sa forteresse d'Allen. Le chef de l'Ordre des chevaliers des Quatre Royaumes refusait catégoriquement de se mettre au service d'un tyran dont il réprouvait l'attitude.

Seul Diairmaid, fils du dieu Mac Oc des Tribus de Dana et de Caer la Bansidh, pouvait encore contrecarrer les intentions démoniaques de Tigernmas. L'opération pouvait se révéler très dangereuse pour le jeune demi-dieu qui, néanmoins, pouvait compter sur le soutien et l'amitié indéfectibles du vaillant Fierdad, ancien compagnon d'études de Celtina, devenu un jeune guerrier fier et ardent.

Installée dans le Champ des Adorations*, autrefois utilisé comme lieu de sacrifices par les Fomoré, l'idole de pierre vénérée par Tigernmas brillait de tous ses feux et attirait les adorateurs de Cromcruach, la Puissance des Ténèbres, comme un aimant. Cromcruach, dont le nom signifiait « Croissant saignant », était un serpent à tête cornue d'une taille exceptionnelle. Chacun de ses éternuements projetait des étincelles, et ses yeux, durs et froids, ne baissaient jamais devant quiconque, car il était reconnu comme étant le roi de l'orgueil.

Ce soir-là, au moment même où le soleil plongeait à l'horizon, Tigernmas et trente-quatre de ses fidèles guerriers se rassemblèrent autour de l'étrange pierre dorée, car le Haut-Roi avait une demande toute spéciale à adresser au reptile monstrueux. L'Ard Rí voulait en effet chasser les Tribus de Dana de leur monde souterrain pour offrir celui-ci aux Fomoré en échange de la protection des forces du Mal, qu'il jugeait plus aptes à veiller sur les terres gaëlles et à assurer leur fertilité. Pour cela, il avait besoin de l'intervention de la Puissance des Ténèbres.

Dès que le dernier rayon de Grannus eut disparu, des gorges des hommes rassemblés jaillit à l'unisson un son rauque et effrayant, un chant destiné à faire sortir le monstre fabuleux de son repaire, la grotte de Cavan, situé en bordure du Champ des Adorations.

Après quelques minutes, alors que les voix se faisaient plus puissantes et plus graves, un mouvement fit onduler les hautes herbes et les broussailles comme si une longue vague avançait à toute vitesse, chassant devant elle grenouilles et crapauds, délogeant de leur repos rongeurs et oiseaux qui nichaient au sol. Puis une vapeur nauséabonde, exhalée par le serpent, vint envelopper les participants à la cérémonie, les menant presque au bord de l'asphyxie. Cette odeur fétide et le sifflement terrible du monstre inspiraient une telle crainte qu'habituellement c'était suffisant pour frapper de terreur ceux qui les percevaient et pour anéantir leurs forces. Le serpent n'avait plus alors qu'à se jeter sur les pauvres victimes paralysées. Mais cette nuit-là, Tigernmas et ses compagnons avaient pris la précaution de camoufler leur nez sous une pièce d'étoffe et de boucher leurs oreilles avec de la cire d'abeille. Ce geste de prudence les avait toutefois empêchés d'entendre Diairmaid et Fierdad qui s'étaient glissés derrière eux pour les espionner, mais surtout pour tenter de détruire le terrible Cromcruach.

Les yeux exorbités de crainte et le cœur battant la chamade, Fierdad ne pouvait détourner le regard de la scène horrible qui se déroulait à quelques pas de lui. Le nez dissimulé par un morceau de tissu et les oreilles bouchées pour assurer sa protection, le jeune guerrier ne pouvait détacher ses yeux d'une jeune fille aux longs cheveux roux et ondulés, vêtue d'une ample robe blanche. Elle était solidement attachée à une poutre de bois plantée dans le Champ des Adorations. Elle était la prochaine victime offerte au serpent cornu.

Un hurlement monta dans la gorge du jeune homme et il se mordit les lèvres au sang pour l'empêcher de jaillir. La jeune fille offerte ce soir-là en sacrifice au serpent cornu était assurément Celtina. Les sentiments de Fierdad pour son amie furent plus forts que sa terreur.

D'un geste vif, il arracha son bandeau pour crier son prénom, mais au même instant la main gauche de Diairmaid se plaqua sur sa bouche, tandis que sa main droite l'agrippait par le bras alors qu'il s'élançait au-devant du danger.

– Du calme, ce n'est pas Celtina ! murmura le demi-dieu.

À cause de ses origines divines, Diairmaid n'avait pas besoin de se protéger de l'haleine et du son émis par le monstre reptilien. C'était la principale raison pour laquelle Finn l'avait désigné pour aller affronter Cromcruach. Pour sa part, Fierdad s'était porté volontaire pour l'accompagner et lui venir en aide, si besoin était.

– Mais..., balbutia Fierdad, non convaincu, en remettant lentement son foulard sur son nez et sa bouche.

– Elle lui ressemble, mais ce n'est pas elle. Je la reconnais, il s'agit d'Aghna, la plus jeune fille du chef des défenseurs de Tara.

– Quoi ? s'étonna Fierdad en tentant de maîtriser le volume de sa voix. Le commandant des guerriers de la forteresse sacrée offre Petit Agneau en sacrifice au serpent cornu ?

– Ils sont devenus fous, confirma Diairmaid. Ces Gaëls se détournent des Thuatha Dé Danann pour se ranger du côté des Fomoré. Je ne peux pas les laisser agir... Il faut les écarter des forces du Mal et les ramener vers les seuls dieux qui sauront les protéger.

– Que pouvons-nous faire? soupira Fierdad. Nous ne sommes que deux, et tu sais comme moi que nos épées et nos coutelas seront impuissants contre Cromcruach.

– Puisque le fer ne peut rien contre ce monstre, il faut employer le feu ! fit Diairmaid, sans détacher son regard de la pierre dorée que le serpent cornu tenait enserrée par les anneaux de son long corps souple et puissant. Rassemble des broussailles et des branches sèches... En silence ! précisa le commandant fianna.

Fierdad ne se le fit pas répéter deux fois. Il se hâta de ramasser le plus d'herbes sèches possible, tout en faisant preuve d'une grande prudence en se déplaçant pour éviter d'attirer l'attention du serpent. Les deux Fianna n'avaient que quelques minutes pour passer à l'action, car déjà le monstre fixait de ses yeux rouge sang la proie offerte à ses redoutables crochets. Sa gueule dégoulinait de bave gluante et rouge. Si, par le plus grand des malheurs, une seule goutte de cette immonde salive touchait Aghna, l'adolescente périrait empoisonnée, car il n'existait aucun antidote à ce venin mortel.

Se dissimulant de rocher en rocher, Fierdad contourna le Champ des Adorations, disposant tout autour des amas de broussailles en une longue ligne continue. Pour être efficace, l'incendie devait se propager à la vitesse de l'éclair et ne pas laisser la moindre échappatoire au serpent cornu. Seul un immense rempart de feu parviendrait à faire reculer la bête. Le plan était simple : Fierdad, après avoir enflammé les broussailles, devait se précipiter vers le poteau de bois pour soustraire Aghna à son horrible sort, tandis que Diairmaid, servant d'appât, attirerait Cromcruach vers les flammes pour le faire rôtir.

Si la première partie du plan fonctionna tel que prévu, il en alla tout autrement pour la seconde. Caché par un écran de fumée noire, Fierdad fonça vers le poteau et coupa rapidement les liens qui retenaient Aghna. Il procéda avec tant de promptitude que le Haut-Roi et ses guerriers ne le virent pas agir. Par contre, le serpent cornu ne se laissa pas abuser et vint se camper entre Diairmaid et les fuyards, bloquant toute retraite au jeune Fianna et à la captive.

– Ferme les yeux ! ordonna Fierdad à la jeune fille tandis qu'il lui plaquait son propre foulard sur le nez et la bouche pour la protéger à la fois de l'haleine asphyxiante du monstre et de l'âcre fumée du brasier qui ravageait le Champ des Adorations.

Dépourvu de protection, Fierdad se mit aussitôt à hoqueter et à s'étouffer. S'il ne parvenait pas rapidement à s'extraire de ce lieu infernal, il allait y laisser sa vie. Il tira la jeune fille par la main et se mit à reculer. Leur unique chance de s'en sortir était de se mêler aux guerriers de Tara et de se servir d'eux comme bouclier humain pour échapper au regard du serpent et essayer de s'éclipser. Seul, Fierdad aurait tenté de faire face à l'ennemi, mais la main tremblante qu'il sentait frémir dans la sienne le contraignait à chercher son salut dans la fuite.

Pendant ce temps, Diairmaid avait commencé à manœuvrer pour venir se placer entre le serpent et ses amis de manière à attirer le reptile vers lui. Ce geste de provocation ne passa pas inaperçu, et la bête malfaisante délaissa les deux fuyards pour se concentrer sur cet inconscient qui osait la défier. Fierdad et Aghna en profitèrent pour se faufiler derrière les combattants celtes qui s'étaient regroupés autour de Tigernmas, comme l'exigeait leur fonction de gardes personnels du roi.

Le demi-dieu était conscient que le serpent cornu ne fléchirait pas et, surtout, qu'il ne s'enfuirait pas sans avoir prélevé son quota de vies humaines. On n'invoquait pas le Cromcruach en vain : sa présence exigeait toujours une contrepartie, un sacrifice. Privé de celui de la jeune fille, le sang de la Puissance des Ténèbres bouillait de colère. Sa bave rouge se répandait maintenant en une coulée mortelle.

Pendant de longues minutes, les parties en présence se jaugèrent, puis, brusquement, sans avertissement, le reptile détendit son corps et s'élança tel un javelot raide et acéré sur l'Ard Rí qui avait eu l'impudence de le convoquer. Personne n'eut le temps d'agir. Le serpent cornu s'enroula autour du corps du malheureux roi, ses anneaux se resserrèrent sur la poitrine de Tigernmas. Diairmaid entendit clairement les os de la cage thoracique du Haut-Roi craquer. Les trente-quatre guerriers, pétrifiés d'horreur, mirent quelques secondes à se rendre compte de la situation ; finalement, l'un d'eux asséna de violents coups de glaive sur le dos du reptile, dont les écailles étaient si dures que l'arme se brisa. Revenus de leur stupeur, les autres gardes conjuguèrent leurs efforts pour faire lâcher prise à la bête, mais rien n'y fit. À chaque coup d'épée, le monstre resserrait son emprise. La fureur des combattants leur embrouilla l'esprit. Se laissant emporter par leur rage, ils ne prirent pas garde aux coulées de bave qui dérivaient lentement vers leurs pieds. Et ce fut en pataugeant dans un poison mortel qu'un à un, les trente-quatre fidèles de Tigernmas périrent, empoisonnés par la salive de Cromcruach, tandis que le Haut-Roi était dévoré par la bête qu'il avait vénérée.

Diairmaid dut se rendre à l'évidence : il lui était impossible de sauver les hommes de la Terre du Milieu. Le demi-dieu profita donc du moment où le serpent avalait entièrement l'Ard Rí pour s'éclipser et rejoindre Fierdad et Aghna de l'autre côté du rempart de flammes.

Le jeune Fianna s'était confectionné un autre bandeau protecteur en déchirant un pan de sa tunique, et il respirait un peu mieux, même si la terrible odeur persistait dans ses narines et au fond de sa gorge irritée.

Pendant ce temps, alourdi par le poids du corps du roi dans son ventre, le serpent cornu avançait péniblement vers la pierre dorée sur laquelle il se hissa et se lova.

– Nous n'avons pas réussi à le vaincre, mais le mur de feu nous met à l'abri de sa vengeance, déclara Diairmaid en faisant signe aux deux autres de le suivre. Il vaut mieux filer maintenant.

– Nous partons ? s'étonna Fierdad. Ne vaudrait-il pas mieux en finir une bonne fois pour toutes avec Cromcruach ? Profitons-en pendant qu'il digère.

– C'est trop dangereux, répondit le demi-dieu. De toute façon, il va regagner sa tanière et laissera les Gaëls en paix tant que personne ne cherchera à l'invoquer de nouveau. Il ne fait preuve d'aucune initiative. Il faut l'appeler pour qu'il se manifeste. Et après ce qui est arrivé à Tigernmas, je ne pense pas qu'il y aura quelqu'un d'assez fou pour le solliciter à l'avenir.

Hagarde et muette, Aghna ne cessait de jeter des regards anxieux autour d'elle ; visiblement, la jeune fille n'avait pas encore compris qu'elle ne courait plus aucun danger et que le monstre ne viendrait pas s'en prendre à elle.

Elle se cramponnait à Fierdad. Ce dernier la dévisageait sans retenue : sa ressemblance avec Celtina était frappante, même si les yeux verts d'Aghna étaient un peu plus sombres que les iris céladon de l'Élue, et même si elle devait être âgée d'un an ou deux de plus. L'ex-apprenti druide entoura les épaules de la jeune fille d'un bras protecteur et posa ses lèvres sur la chevelure rousse et soyeuse. Son cœur s'emballait. Pour le moment, il ne savait si c'était parce qu'Aghna lui rappelait Celtina, si c'était à cause de la peur ou si Petit Agneau l'attirait vraiment. Une chose était certaine cependant : la proximité de cette fille ne le laissait pas indifférent. Diairmaid sentit le trouble qui s'emparait de son fidèle ami et lui sourit. Le trio s'éloigna du Champ des Adorations et prit le chemin d'An Mhí.

L'Ard Rí était mort, et il faudrait lui désigner un successeur. Diairmaid espéra que, cette fois, les Gaëls sauraient choisir un homme juste et bon qui ne renierait pas ses croyances et saurait garder vivantes les traditions des Celtes.

Chapitre 2

L'après-midi tirait à sa fin avec langueur sur les étangs et les marais, dont certains s'étaient asséchés depuis le début de l'été et présentaient désormais une surface craquelée où affleurait une fine couche de sel. Celtina, Ossian et Malaen peinaient depuis des heures entre les joncs et les touffes de petites fleurs bleues, harcelés par des nuées d'insectes piqueurs qui ne leur laissaient aucun répit. Le soleil avait plombé toute la journée et la chaleur avait handicapé leurs mouvements. Ils étaient exténués. Même la beauté du paysage et des oiseaux qui y nichaient ne parvenait plus à les émouvoir. Pire, le chant incessant des cigales commençait à taper sur les nerfs des trois voyageurs.

– Il y a une petite étendue de terre qui semble assez sèche, tout droit ! lança Malaen qui caracolait devant.

– Nous y camperons ! décréta la prêtresse en accélérant imperceptiblement le pas, tellement sa hâte d'y faire une pause était grande.

Comme la veille et l'avant-veille, Celtina et Ossian s'empressèrent de récolter les roseaux dont ils se serviraient pour se confectionner un abri de fortune. Depuis leur entrée dans cette région dépourvue de présence humaine, qui, de ce fait, ne pouvait leur assurer aucun refuge, la jeune fille avait déjà pu apprécier la qualité de ce matériau qui était à la fois un excellent isolant phonique et thermique, et était très résistant. Ossian et elle avaient même tressé des nattes qu'ils traînaient avec eux et qu'ils utilisaient chaque soir comme tapis de sol.

Après avoir partagé ce qu'il restait des provisions que Celtina avait apportées de Seg, le dernier oppidum où elle avait trouvé un gîte, les deux compagnons s'allongèrent sur leurs nattes pour admirer le coucher du soleil. L'adolescente avait remarqué que les insectes piqueurs semblaient disparaître à la tombée de la nuit. Ce répit, fort apprécié, leur permettait alors de trouver le repos et même de regarder la course des nuages dans le ciel ou de profiter d'une voûte étoilée merveilleuse.

– Ah, c'est étrange ! s'exclama brusquement Celtina qui reposait sur le dos, les bras croisés derrière la tête en guise d'oreiller.

Elle se redressa tout en gardant les yeux levés au ciel. Ossian examina à son tour la course des nuages et se redressa aussi.

Comme surgis du néant, deux cumulus s'étaient formés dans un ciel auparavant tout à fait dégagé. L'un tout noir et l'autre tout blanc. Ils étaient immenses. Le nuage noir se dirigeait vers le couchant, suivi du blanc. Ils se frôlaient à presque se toucher, mais sans jamais se joindre… Celtina plissa les yeux. Il lui semblait distinguer quelque chose au sein même de la formation floconneuse.

Hum ! *Je suis prise d'hallucinations*, songea-t-elle. *Ce doit être la fatigue* !

– Non, tu ne rêves pas, lui répondit Ossian. Dans le nuage blanc, je vois un homme monté sur un cheval blanc. Il est casqué d'or, et la couverture de la selle est rouge et brodée d'or. Ce personnage est totalement immobile…

– Sur le nuage noir, l'homme ressemble à un lion noir à la gueule béante…, poursuivit Celtina.

– Et sous les deux nuages, il y a une sorte de langue de feu tournoyante qui les relie, compléta Malaen.

Soudain, Ossian bondit sur ses pieds, comme en transe. Celtina se leva et vit que l'enfant avait les yeux révulsés et tremblait.

– Un nouveau Haut-Roi sera bientôt nommé à Tara, déclara le petit garçon d'une voix saccadée, perdu dans ses visions. Tigernmas a perdu la vie dans des circonstances horribles. Son successeur sera un très grand roi, le meilleur de tous. Le nuage noir représente Éber et le nuage blanc, Érémon. Une prophétie a dit que lorsque les sépultures des deux frères seront réunies, un grand roi régnera à Tara et établira de nouvelles lois. Son règne en sera un de prospérité pour Ériu. Ce roi sera un homme juste et bon.

– Comment se nomme-t-il? l'interrogea Celtina, étonnée par ces révélations.

– Conn... Conn aux Cent Batailles, tel sera son nom. Pour l'instant, il n'est qu'un jeune noble du Laighean sans richesses et sans terre, mais il sera le plus grand..., répondit Ossian.

Puis l'enfant s'écroula sur le sol, épuisé.

– Conn aux Cent Batailles, répéta la prêtresse en déposant doucement l'enfant sur sa natte, dans la cabane de roseaux qu'ils avaient construite.

Quelques jours plus tôt, Ossian lui avait déjà parlé de cet Ard Rí, dont Grania*, la petite-fille, serait dans l'avenir la cause du malheur du demi-dieu Diairmaid.

– Tu penses à la même chose que moi? intervint Malaen. Les éléments du destin se mettent en place.

– Je dois trouver une façon de prévenir Diairmaid. Il ne doit jamais se rendre à Tara lorsque Grania y sera, répliqua Celtina.

– Envisages-tu de retourner à Ériu? s'étonna Malaen.

Celtina ne répondit pas immédiatement. La question méritait réflexion. Elle regarda de nouveau le ciel, mais les nuages avaient disparu et des milliers d'étoiles scintillaient sur la toile de velours noir. Elle inspira profondément.

– Non, je ne retournerai pas dans l'île Verte… pas pour le moment. Tu l'as vu toi-même, les Romains ont pris possession de la Gaule, et les résistants sont de moins en moins nombreux à s'opposer à eux. Nos guerriers ne réussiront probablement pas à les repousser, César et ses légions sont très forts.

Elle marqua une pause, triste à l'idée que les Gaulois seraient bientôt complètement assimilés à la civilisation romaine, puis, sur un ton plus convaincu, elle reprit :

– Mais moi, en tant qu'Élue, j'ai le devoir de sauver ce qui peut l'être de notre culture et surtout de nos croyances. Je dois obtenir le vers d'or de Tifenn et tous ceux qui me manquent encore.

Malaen approuva en hochant la tête. La détermination de Celtina lui faisait plaisir. En deux ans de quête, elle était devenue beaucoup plus résolue et moins influençable. Cela lui plaisait.

– Dormons maintenant, poursuivit la prêtresse. Si je me fie aux explications que m'ont données Afons et Mirèio*, nous avons encore une longue route à faire avant de parvenir à la forteresse de Ra.

Comme l'avait annoncé Ossian, et selon la coutume, les druides, les rois et les chefs d'Ériu s'étaient rassemblés à Tara pour élire un nouvel Ard Rí. Tous les nobles disposant de richesses, de terres et d'une armée étaient aussi présents. Seuls les moins fortunés n'avaient pu se rendre à l'assemblée. Parmi les absents, Conn du Laighean, un jeune homme qui s'était maintes fois distingué au combat par son audace et son courage. Conn n'avait pas répondu à l'invitation des rois et des chefs de tribus, car il ne voulait pas paraître à Tara dans des vêtements de pauvre, sans hommes et sans chevaux, sans esclaves, sans serviteurs ni présents à offrir.

Conn était en train de bûcher son bois comme un simple domestique lorsque la déesse Brigit, fille de Dagda, surgit des profondeurs de la terre et se manifesta derrière lui. Elle l'interpella.

– Eh bien, Conn, sais-tu ce qui se passe à Tara?

Le jeune homme se retourna lentement, nullement surpris de découvrir la déesse derrière lui. Depuis leur établissement sur l'île Verte, les Gaëls s'étaient habitués à l'idée de voir les dieux des Tribus de Dana apparaître et disparaître à leur guise et certains d'entre eux, comme Conn, ne leur prêtaient plus guère attention, du moment que les Thuatha Dé Danann ne leur nuisaient pas.

– Non, et je m'en moque! répliqua le jeune homme en abattant sa hache sur une grosse bûche qu'il fendit en deux du premier coup.

– Ah ! Et pourtant, cela devrait t'intéresser, puisque tu es de noble naissance…, poursuivit Brigit.

Conn haussa les épaules et se remit à l'ouvrage, sans répondre.

– Tous sont réunis à Tara pour choisir un nouvel Ard Rí…

– Et en quoi cela me regarde ? grommela Conn en essuyant, du revers de sa manche, la sueur qui mouillait son front.

– Ça te concerne plus que tout autre parce que tu peux devenir Haut-Roi. Tu en possèdes toutes les qualités : le courage, l'audace, la force, l'intelligence… et tu es de la famille d'Érémon.

– Ah oui ? Et comment sais-tu qu'il me serait possible d'accéder au trône ? ironisa Conn en déposant les morceaux de ses bûches nouvellement fendues sur le sommet d'une pyramide de bois.

– J'appartiens aux Tribus de Dana, lui rappela Brigit. J'ai le don de prophétie… et, crois-moi, c'est toi qui seras choisi !

– Tu me fais rire, ricana le jeune homme. Regarde-moi ! Je n'ai pas d'armée, pas de serviteurs, pas de bateaux, et pour la terre… seulement ce que mes parents m'ont laissé en héritage, c'est-à-dire pas grand-chose.

Il écarta les bras pour désigner sa cabane et le petit champ tout autour.

– On ne choisit pas un Haut-Roi sans richesses. Celui qui gouverne doit aussi savoir faire preuve de largesse envers son peuple… et moi, je n'ai rien à offrir à mes sujets.

– Tu as besoin d'une armée, dis-tu ? Eh bien, promets-moi de m'accompagner à Tara si je t'en offre une !

Pris au jeu, et sans trop faire attention à ce qu'il disait, le jeune Conn éclata de rire et il promit à Brigit de la suivre. Aussitôt le serment prononcé, la fille de Dagda disparut.

Conn ramassa son bois en se disant qu'il avait sans doute pris un coup de soleil sur le crâne en bûchant tout l'après-midi et qu'il avait été victime d'une hallucination.

Sans perdre un instant, Brigit s'était enfoncée dans le royaume souterrain des Thuatha Dé Danann et avait d'abord gagné le tertre de Brí Leith, le royaume de Midir, où elle avait convaincu de nombreux guerriers de la suivre. Puis, elle avait fait de même à l'Auberge de la Boyne, la résidence de Mac Oc, et une fois encore de nombreux combattants s'étaient joints à elle.

Elle réapparut devant Conn au moment où ce dernier s'en allait au champ pour traire son unique vache. Cette fois, le jeune homme faillit mourir de peur en voyant les centaines de guerriers féeriques qui la suivaient. *Qu'est-ce que j'ai fait pour que les êtres du monde souterrain viennent s'en prendre à moi ?* se demanda-t-il, tout tremblant. Il regarda à droite, il regarda à gauche, il regarda derrière, puis de nouveau devant. Impossible de fuir, il était encerclé.

– Voici l'armée que je t'avais promise! lui lança Brigit. Tous t'obéiront et te seront fidèles jusqu'à la mort. Maintenant, à toi de tenir ta parole. Prends tes armes et ton char, et suis-moi!

Éberlué, Conn ne trouva rien à répondre. En fait, malgré son courage, une certaine crainte lui nouait les entrailles. Il préférait cent fois se battre à un contre cinq avec des ennemis gaëls que d'avoir à affronter un seul guerrier féerique. Et là, ils étaient des centaines à accompagner la déesse. Soumis, il fit ce que Brigit lui demandait. En fait, même si sa raison lui disait que la situation était ridicule, il ne parvenait pas à se convaincre de résister à la demande de la déesse. Au fond de lui, il craignait toujours les Thuatha Dé Danann. Si ses parents, descendants des Fils de Milé et d'Ith, avaient renié leurs anciennes croyances, des traces de la foi celte restaient tapies quelque part au fond de son cœur et de sa mémoire. Il avait été bercé de légendes celtes par lesquelles il avait appris qu'il ne faisait pas bon s'opposer aux dieux. Il obtempéra.

Conn monta dans son char tiré par son unique cheval et prit la tête des troupes féeriques en direction de Tara. Brigit, invisible à tout autre qu'à Conn et à ses guerriers fantastiques, cheminait à un trait de javelot devant. Après des heures de marche, ils arrivèrent en vue des remparts de la ville sacrée.

Les druides, les rois et les chefs de tribus qui s'y étaient rassemblés furent aussitôt alertés par les guetteurs de l'arrivée tardive de ce noble qu'on ne reconnut pas de prime abord. Tous se demandèrent de qui il s'agissait.

Lorsque Brigit arriva devant la porte principale de la palissade qui encerclait la ville sacrée, elle détacha son long manteau rouge, le jeta à terre devant elle et, le foulant, apparut dans toute sa splendeur, arrachant des cris admiratifs aux hommes et aux femmes d'Ériu. La déesse poursuivit sa marche vers l'intérieur de l'enceinte, suivie de trois druides, des porteurs de boucliers et des sonneurs de trompes qui étaient sortis du détachement qui suivait Conn. La rumeur de l'arrivée triomphale de ce jeune homme protégé par la déesse fit rapidement le tour de Tara, et la foule se précipita aux remparts pour mieux voir.

Brigit, Conn et ses guerriers entrèrent dans l'enceinte royale de Tara et ils s'arrêtèrent devant un splendide char attelé de deux magnifiques chevaux, retenus par un cocher richement vêtu. Dans le char était déposé le manteau royal qui devait être placé sur les épaules du Haut-Roi d'Ériu après l'élection. Conn, figé de stupeur, se demandait ce qu'il faisait là. Il n'avait plus qu'une envie : prendre ses jambes à son cou et détaler. Il craignait le pire, c'est-à-dire qu'on le traite d'imposteur et qu'on le mette à mort. D'autres prétendants étaient mieux placés que lui pour revendiquer la royauté, autant par la noblesse de leur naissance que par leur richesse. Il s'attendait à recevoir un coup de poignard dans le cœur, ou encore à ce qu'une hache habilement lancée lui coupât la tête sur-le-champ, mettant ainsi un terme à ses folles ambitions.

– Alors, qu'attends-tu ? l'apostropha Brigit. Ce char et ce manteau sont à toi. Prends-les !

Incapable de résister aux ordres de la déesse, Conn s'exécuta, la mort dans l'âme. Rentrant la tête entre les épaules, il attendait le trait de javelot qui allait bientôt se planter entre ses omoplates. Il était convaincu qu'il allait s'étaler dans la poussière devant tous, déclenchant rires et moqueries.

La mine défaite, le cœur battant la chamade, il grimpa lentement dans le char. Ce dernier oscilla… mais ne versa pas. Puis, les mains glacées et tremblantes, le jeune homme glissa malhabilement le manteau sur ses épaules sous le regard perçant des druides, des rois et des chefs de tribus. La cape lui allait parfaitement, comme si elle avait été taillée sur mesure pour lui. Aussitôt, le cocher fouetta les chevaux et le char s'ébranla. Conn était debout derrière le conducteur, toujours effrayé à la perspective de choir dans la poussière. Mais, malgré la vitesse du déplacement, il conserva son équilibre. Au fur et à mesure de la course, il finit par retrouver un semblant d'aplomb et se redressa.

La prochaine étape consistait à faire passer l'équipage entre deux immenses mégalithes qui constituaient la porte menant à la Pierre du Destin. Les chevaux fonçaient droit devant, et Conn ferma les yeux, attendant le choc qui allait bientôt les broyer, lui, le cocher et les bêtes, car il était toujours convaincu qu'il n'avait pas le droit de se trouver dans ce magnifique char réservé à l'Ard Rí. Mais, au dernier moment, les deux menhirs s'écartèrent et dégagèrent le passage vers une clairière, au pied du mont des Otages, où était fichée dans le sol la Pierre de Fâl. Le char était à peine immobilisé que Conn bondit vers le mégalithe. Il posa la main sur le froid granit et aussitôt un grand cri retentit. Tous l'entendirent dans la ville sacrée, mais aussi jusqu'en Laighean, en Ulaidh, dans le Mhumhain et le Connachta.

– La Pierre du Destin le reconnaît! s'exclama le vieux druide Amorgen. Voici donc notre nouveau Haut-Roi.

Aussitôt, les rois et les chefs de tribus et de clans se soumirent et lui rendirent hommage. Parmi eux, Finn qui assura Conn, le Haut-Roi, de l'indéfectible loyauté des Fianna.

Pour sa part, en tant qu'aîné des druides, Amorgen procéda aussitôt à l'énumération de la liste des terres royales, maintenant placées entre les mains du nouvel Ard Rí. Conn n'était plus un jeune homme pauvre. Grâce à ses nouvelles richesses, il saurait être le pourvoyeur de ses sujets. Puis, Amorgen lui confia le commandement des troupes de la Terre du Milieu, auxquelles se joignirent les guerriers féeriques. Une fois que Conn eut reçu les honneurs dus à son rang, le druide lança les festivités. Selon la coutume, le festin allait durer neuf jours et neuf nuits.

Chapitre 3

Les rois, les chefs de tribus et les druides rassemblés à Tara quittèrent An Mhí au terme des neuf jours de festivités. Parmi les invités, le plus discret avait été Emhear*, fils d'Ir. L'homme avait hérité de la régence en Ulaidh lorsque Érémon avait procédé à la division d'Ériu, mais il ne s'était jamais senti à l'aise dans ce rôle. Il demanda donc audience à Conn pour lui exposer ses doutes et lui présenter la solution qu'il avait envisagée. Il était accompagné de trois nobles qu'il avait lui-même choisis parmi ses sujets.

Maol, Bloc et Buighné, les trois druides féeriques que Brigit avait désignés pour conseiller Conn, introduisirent les trois Gaëls dans la forteresse royale et les guidèrent vers le Siège des Rois, nom de la résidence du Haut-Roi. Ce fut Maol le Chauve qui parla le premier pour enjoindre à Emhear de formuler sa requête.

– Je suis venu pour te féliciter de ton élection, Haut-Roi, fit le régent d'Ulaidh, mal à l'aise. Mais aussi pour faire appel à ta sagesse. J'ai l'espoir que, en tant qu'Ard Rí, tu sauras me soulager d'une tâche qui me pèse de plus en plus. Je n'aspire qu'à être un noble parmi les autres. Je veux jouir de ma terre dans la paix et l'harmonie...

– Je reconnais en toi le digne fils d'Ir, répondit Conn. Dis-moi ce que tu attends de moi, et j'essaierai de te satisfaire.

– Eh bien, voilà. La royauté a depuis longtemps été accordée à Mebd et Aillil au Connachta. Et Aillil est aussi roi du Laighean. Cûroi, malgré qu'il soit originaire des Tribus de Dana, dirige maintenant le Mhumhain. Seul l'Ulaidh n'a pas encore de véritable roi... Il est temps de remédier à cette situation inéquitable.

– Tu as raison, Emhear. Aucun Gaël ne souffrira de discrimination tant que durera mon règne. Tu as prouvé ta valeur en tant que régent, ton royaume est prospère, tes champs, bien cultivés, tes sujets, nobles, valeureux et sages, je te l'accorde. Tu seras donc le nouveau roi d'Ulaidh...

– Euh... non, ce n'est pas cela. Je me suis mal exprimé, sans doute, bredouilla Emhear. Je ne veux pas être roi... au contraire! poursuivit-il après s'être raclé le fond de la gorge. Je suis venu vers toi pour t'annoncer que je renonce... Je ne veux plus diriger l'Ulaidh.

Sur le coup de la surprise, Conn laissa échapper un juron bien senti qui fit sourciller ses trois druides. Après avoir vu les regards désapprobateurs de ses conseillers, le jeune roi retrouva vite sa contenance.

– Tu renonces à l'Ulaidh? reprit Conn, toujours abasourdi. Mais… mais à qui?… comment?… Que dois-je faire? demanda-t-il finalement à Maol, le plus expérimenté de ses druides.

– Ce que tout Ard Rí ferait dans de telles circonstances. Nommer un autre roi, déclara le savant, comme si cela allait de soi.

Conn se plongea aussitôt dans une profonde réflexion. Il avait vécu isolé sur ses terres, et il ne connaissait les hommes d'Ulaidh que par ouï-dire. Il ne voulait pas se prononcer sans être sûr de son choix, mais comment faire? Il fallait agir vite, car un pays sans dirigeant deviendrait rapidement un champ de bataille pour tous les prétendants au trône de la contrée, et sans doute pas les meilleurs d'entre eux. Voyant l'hésitation du Haut-Roi, Emhear s'enhardit et reprit la parole.

– J'ai une proposition à te faire, Conn. Je suis venu avec trois vieux amis qui sont parmi les plus sages, les plus valeureux et les plus redoutables des guerriers d'Ulaidh.

Et il désigna les trois solides gaillards qui l'accompagnaient.

– Voici Aed Ruad et ses deux cousins, Dithorba et Cimbaeth.

Les trois guerriers s'avancèrent aux côtés d'Emhear et saluèrent Conn d'un signe de tête. Les nombreuses cicatrices qui marquaient leur corps racontaient leur longue histoire de combattants. Aucun doute n'était permis, pas un seul de ces trois costauds n'avait fui au combat. Leurs yeux sombres, leur air farouche, leurs cheveux teints en rouge, leurs longues moustaches et leur solide stature : tout en eux était impressionnant.

– Je te propose de choisir l'un d'eux pour me succéder, ajouta Emhear. Ils le méritent tous les trois, je peux te l'assurer. Ce sont de bons combattants, mais aussi des hommes loyaux et avisés. Peu importe celui que tu choisiras, le royaume sera entre bonnes mains.

Conn dévisagea les trois hommes solidement campés devant lui. Lequel choisir ? Sur quels critères favoriser celui-ci plutôt que celui-là ? Son choix risquait-il d'indisposer les deux autres qui, dès lors, deviendraient des ennemis du nouveau souverain ? Sa première décision en tant que Haut-Roi pouvait se révéler catastrophique et conduire un pays entier sur le sentier de la guerre. Il se tourna vers ses trois druides pour leur demander leur avis.

– Je te conseille de choisir Aed Ruad, déclara Maol le Chauve. Il est le plus âgé des trois, il a donc plus d'expérience que ses deux cousins.

Interrogé à son tour, Bloc désigna Dithorba qu'il connaissait personnellement.

– Je ne peux me prononcer pour ou contre Aed Ruad et Cimbaeth, car je ne les connais pas. Cependant, je peux t'assurer que Dithorba est un grand guerrier. Je l'ai vu mener ses hommes à la guerre lors de la bataille qui a opposé les Gaëls aux Tribus de Dana et, crois-moi sur parole, c'est un fin stratège.

– Moi, je favorise Cimbaeth, déclara Buighné. Il est le plus jeune. Même s'il manque un peu d'expérience et de vécu, il saura faire preuve de beaucoup d'initiative et il a des idées plus modernes sur la façon de diriger un royaume pour en assurer la prospérité.

Conn inspira très profondément. Ces trois conseillers ne lui facilitaient pas la tâche en désignant chacun un homme différent. Le Haut-Roi songea qu'il en était toujours au même point. Lequel choisir ? Les sourcils froncés et le front soucieux, il examina attentivement les trois prétendants, à la recherche d'un indice sur lequel fonder sa décision.

Brusquement, son visage s'éclaira. Il venait d'avoir une idée qui saurait ménager les susceptibilités des uns et des autres.

– Voilà ce que je décide, lança-t-il d'une voix ferme. Aed Ruad, Dithorba et Cimbaeth occuperont la royauté d'Ulaidh à tour de rôle, chacun pendant une période de sept années. Puisque le plus âgé est Aed, c'est donc lui qui assumera le pouvoir pendant le premier septennat*.

Les trois prétendants se dévisagèrent. Ils avaient le visage fermé. Il était impossible de deviner les sentiments qui les animaient. Pour sa part, Emhear semblait très heureux de la solution trouvée par Conn, tandis que ce dernier, fébrile, se demandait si son premier jugement en tant qu'Ard Rí était bon et équitable.

– Je suis profondément honoré, déclara finalement Aed Ruad. Mes cousins et moi saurons nous montrer dignes de ta confiance. Nous acceptons de régner à tour de rôle…

– En guise de garantie, intervint Bloc, il convient que chacun d'entre vous fournisse des otages choisis parmi ses proches. Ils resteront à Tara pendant vos septennats respectifs afin de garantir que vous vous transmettrez effectivement le pouvoir au terme de vos sept années de règne. Si l'un de vous manque à sa parole, ses otages seront mis à mort et la honte rejaillira sur son clan.

– Nous acceptons ! s'exclamèrent en chœur Aed Ruad, Dithorba et Cimbaeth.

– Les otages devront être livrés au plus tard dans huit jours, insista Buighné.

Les trois cosouverains inclinèrent la tête en guise d'acceptation. Puis, après avoir encore une fois assuré Conn de leur indéfectible loyauté, les Ulates* quittèrent le Siège des Rois.

Comme prévu, quelques jours plus tard, un groupe d'environ deux cents otages, sélectionnés parmi les plus nobles des Ulates, mais surtout au sein de la famille de chacun des trois rois, quitta la région de Dún na nGall, dans l'ouest de l'Ulaidh, en direction de Tara. Les hommes, les femmes et les enfants choisis étaient escortés par les trois rois, Aed Ruad, Dithorba et Cimbaeth, et par une nombreuse troupe de guerriers. Près de cinq cents personnes prirent ainsi la direction de la cité sacrée.

Après plusieurs heures de marche, le groupe fit halte au bord d'une rivière afin de se désaltérer, mais aussi pour s'alimenter. Ils avaient emporté des provisions avec eux, mais ils avaient choisi de s'arrêter à cet endroit pour se ravitailler en chair fraîche, car ce cours d'eau était renommé dans toute la région. Il grouillait de saumons d'une taille fort imposante et constituait une réserve de nourriture de premier choix. Toutefois, les poissons étaient difficiles d'accès à cause du courant de la rivière, puissant et dangereux. Seuls les plus expérimentés des pêcheurs pouvaient s'y risquer, mais c'était toujours au péril de leur vie. À l'endroit le plus propice à la pêche sévissaient de formidables remous qui menaient tout droit vers une large et haute cataracte qui avait ôté la vie à plus d'un téméraire.

Aed Ruad, en tant que roi d'Ulaidh pour sept ans, n'avait d'autre choix pour assurer son rang que d'agir à titre de pourvoyeur du groupe qui l'accompagnait. Il devait être le premier à jeter sa nasse à l'eau. Avec précaution, il s'avança sur les pierres glissantes de la rive et lança son filet dans le courant. Aussitôt, quatre gros saumons d'une taille et d'un poids impressionnants se prirent dans la nasse. Enhardi par un tel succès, Aed Ruad se dit qu'en quelques coups de filet, ses guerriers et lui parviendraient à amasser assez de nourriture fraîche pour ceux de sa tribu.

Il s'avança un peu plus sur les rochers émergents. Le courant était vif et ses pieds avaient du mal à rester stables dans le lit de la rivière. Mais Aed Ruad n'était pas un peureux et, surtout, il ne pouvait manifester la moindre crainte devant tous. Il tenta d'assurer sa position sur une roche moussue.

– Sois prudent, père! lui lança alors sa fille unique, la jeune Mongruad, qui avait été choisie pour être otage à Tara.

Distrait par la voix de son enfant, Aed Ruad fit un mouvement brusque et vacilla. Battant des bras, il tenta de rétablir son équilibre. Peine perdue. En poussant un cri d'effroi, il glissa dans l'eau glacée. Le roi ne savait pas nager. Il se débattit avec l'énergie du désespoir pour tenter d'attraper, en vain, le filet que son cousin Dithorba s'évertuait à lui lancer depuis la rive qui s'éloignait de plus en plus. Le bruit de la cataracte était assourdissant, et bientôt ses cris ne parvinrent plus jusqu'à la berge où les hommes d'Ulaidh couraient dans le plus grand désordre, anéantis de ne pouvoir prêter assistance au roi, emporté vers la cascade qui rebondissait avec fracas sur des rochers acérés.

Soudain, le corps d'Aed Ruad disparut dans l'écume blanche sous les yeux hagards de Mongruad. La jeune fille, désespérée et s'accusant d'avoir provoqué cette catastrophe, tenta de se jeter à l'eau, mais elle en fut empêchée par Cimbaeth qui la ceintura et la maintint contre lui tandis qu'elle suffoquait de douleur contre son épaule.

Les Ulates restèrent longtemps à scruter les eaux glacées de la rivière dans l'espoir qu'elles leur restituent le corps de leur premier roi. Lorsque le soleil se coucha, ils se résolurent à camper aux abords de la cataracte, incapables de s'éloigner de ce lieu tragique.

Au petit matin, après une nuit blanche, remplie de cauchemars pour les plus sensibles, il fallut se rendre à l'évidence : Aed Ruad ne reviendrait jamais pour les conduire à Tara.

Tandis que Mongruad, prostrée au bord de la rivière, laissait ses larmes se mêler à l'eau meurtrière, les esprits commençaient à s'échauffer parmi les partisans des trois rois.

– Puisque Conn m'a désigné pour prendre la succession d'Aed Ruad au terme de son septennat, c'est donc moi qui assurerai la royauté, décréta Dithorba en sortant son épée, prêt à défendre son point de vue par les armes s'il le fallait.

– Il n'en est pas question, s'interposa Cimbaeth, brandissant lui aussi son glaive. Si tu prends la place d'Aed Ruad, cela veut dire que tu seras roi pendant quatorze ans. C'est inadmissible.

Ultán, l'un des otages de la famille d'Aed Ruad, un guerrier qui avait prouvé sa valeur pendant la guerre entre les partisans d'Éber et ceux d'Érémon, vint se planter devant les deux rois pour les défier du regard.

– Effectivement, c'est inadmissible ! Aed Ruad a un héritier ! gronda-t-il en faisant un signe de tête en direction de Mongruad, toujours recroquevillée sur la berge.

Les deux cousins tournèrent leur regard vers la jeune fille, puis, animés par une belle unanimité pour une rare fois dans leur existence, ils éclatèrent de rire.

– Cette gamine ! se moqua Dithorba. Elle ne sait ni manier un glaive, ni même se tenir correctement sur un cheval. Comment pourrait-elle diriger un royaume ? Laisse-moi rire !

Et, effectivement, il recommença à se taper les cuisses et à laisser libre cours à son hilarité.

– Jamais, tu m'entends ! Jamais je n'obéirai à cette… cette… femmelette, laissa tomber Cimbaeth, furieux. C'est une bonne à rien. C'est sa faute si Aed Ruad est tombé dans la rivière…

En entendant ces mots, les pleurs de la jeune fille redoublèrent. Le regard tourné vers la cataracte, elle se sentait appelée par le bruit assourdissant et par les flots tourbillonnants. Profitant de la dispute qui opposait les Ulates, elle se laissa glisser silencieusement dans l'eau glacée. Aussitôt, le courant l'emporta sans que personne ne se rendît compte de sa disparition. Mais au moment où elle allait s'abîmer à son tour dans l'écume blanche, une force invisible la souleva et l'emmena de l'autre côté de la rivière, au cœur d'un boisé épais et sombre où personne ne pouvait l'apercevoir depuis l'autre rive.

Lorsque les Ulates réalisèrent que la jeune fille avait sombré, ce fut la consternation. Dithorba et Cimbaeth s'accusèrent mutuellement d'être la cause de cette nouvelle tragédie, tandis que le guerrier qui avait pris sa défense, effaré, ne cessait de l'appeler. Ultán ne pouvait croire que Mongruad avait été elle aussi aspirée par les eaux traîtresses. Tous se mirent à la recherche de la fille d'Aed Ruad, certains explorant les rochers et les bois des alentours, tandis que d'autres fouillaient des yeux la rivière avec la crainte d'y apercevoir son corps.

Chapitre 4

Mongruad, inconsciente, gisait sur l'autre rive, veillée par la main secourable qui l'avait sauvée des flots. La jeune femme tardait à reprendre ses esprits. Sa sauveuse esquissa un sourire rusé. En se rendant invisible, Macha la noire avait assisté aux violentes discussions qui avaient opposé Dithorba, Cimbaeth et les partisans de la jeune fille. Maintenant, elle voyait tout le parti qu'elle pouvait tirer de la situation. L'occasion qu'elle guettait depuis des mois, voire des années, était à portée de main. Elle devait se rendre à l'évidence: ses intrigues et ses manipulations d'Arzhel n'avaient pu porter leurs fruits, et l'impatience commençait à la gagner. Il faut dire que le temps pressait… Le monde celte changeait tellement vite qu'elle craignait de ne pas parvenir à ses fins. Ainsi, à défaut d'avoir pu prendre le pouvoir chez les Thuatha Dé Danann qui avaient toujours su déjouer ses manigances, elle allait s'installer au sommet de la hiérarchie des Gaëls. Elle était convaincue que l'avenir des Celtes ne se jouait plus dans le monde des dieux, mais plutôt dans celui des mortels. Et c'était celui-là qu'elle voulait s'approprier.

Macha la noire se mit à psalmodier des incantations magiques pour maintenir Mongruad dans un état de faiblesse avancé. Puis, petit à petit, la sorcière investit la personnalité de la jeune fille. Elle s'insinua dans son esprit et dans son corps. Le caractère de la fille d'Aed Ruad était doux, facile à vivre, généreux, aimable, rempli d'empathie et de compassion envers autrui. Tout ce que Macha détestait et attribuait à la médiocrité.

Pour devenir reine d'Ulaidh, il va falloir t'endurcir, ma fille, songea-t-elle. *Heureusement que je suis là. Les Ulates vont danser sur ma musique dorénavant.*

Sans la moindre pitié pour sa victime, la sorcière prit totalement possession de Mongruad.

Quelques secondes plus tard, la jeune fille possédée ouvrit les paupières. Une flamme noire et dangereuse dansait désormais dans son regard sombre. En examinant ses yeux de près, on aurait pu y discerner des éclats en forme de plumes de corbeau.

Mongruad-Macha se leva, puis, écartant les branches qui l'avaient jusque-là soustraite aux fouilles des Ulates qui campaient sur l'autre rive, elle s'avança sur la berge pour héler les hommes de son clan.

Ultán fut le premier à l'apercevoir et il hurla la bonne nouvelle pour prévenir les autres.

– Avance le long de la rive, lança ensuite le jeune Cimbaeth. Dépasse la cataracte. Il y aura peut-être un passage à gué un peu plus bas.

– D'accord, répondit simplement la jeune fille.

Aussitôt, les hommes se mirent à la recherche d'un passage dans la rivière pour permettre à Mongruad de les rejoindre. De son côté, grâce à la science magique de Macha qui guidait désormais ses actes et ses pas, la fille d'Aed Ruad profita du fait que les hommes avaient pris un peu de retard sur elle sur l'autre rive pour lever la main au-dessus de l'eau. Des pierres jaillirent à la surface et créèrent un passage qu'elle n'eut plus qu'à emprunter.

En tant que sorcière, elle aurait pu facilement survoler la rivière pour atterrir de l'autre côté sans même mouiller ses sandales, mais Macha tenait à garder son secret bien caché. Les Ulates ne devaient pas se douter qu'elle occupait maintenant le corps de Mongruad.

– Le cadavre de mon père est sur l'autre rive. Allez le chercher ! ordonna-t-elle d'une voix grave et cassante, dès qu'elle eut rejoint les Ulates.

Ultán la dévisagea en fronçant très fort ses gros sourcils qui lui faisaient comme une barre sombre sur les arcades sourcilières. Il ne reconnaissait pas la voix de la fille du chef de son clan. Il se dégageait d'elle une telle autorité qu'il se demanda si c'était dû au choc consécutif à la perte de son père ou si elle avait pris un coup sur la tête alors qu'elle était emportée par la rivière. Il avait connu une fille douce et soumise, presque insignifiante, et voilà que, tout à coup, il avait devant lui un être solide, au ton tranchant qui laissait supposer qu'elle ne se laisserait pas diriger ni contredire par qui que ce fût. Et, à bien y penser, il préférait la nouvelle Mongruad à l'ancienne, car Ultán avait toujours la ferme intention de la faire accéder à la royauté en succession à Aed Ruad.

– Ne croyez pas que j'ai voulu me jeter dans la rivière ! reprit-elle avec fermeté. J'ai glissé, tout simplement ! Avant de tomber dans l'eau, je vous ai entendus discuter de la royauté, et je vous le dis tout net : je vais terminer le septennat de mon père. Que cela vous plaise ou non !

Aussitôt, des vivats montèrent de la gorge des partisans de son clan, tandis que de celles des hommes de Dithorba et de Cimbaeth vinrent des huées, des ricanements et des menaces.

Avec vivacité, Ultán dégaina son épée et vint se placer aux côtés de l'héritière. Il fut aussitôt entouré par les membres de son clan, qui vinrent lui prêter main-forte. De leur côté, Dithorba et Cimbaeth esquissèrent des gestes d'apaisement en direction de leurs partisans, car certains d'entre eux étaient prêts à se jeter sur le clan de Mongruad. Tout s'était déroulé trop vite pour les deux cosouverains et ils voulaient se laisser le temps de la réflexion.

– Mes serviteurs vont aller chercher le corps d'Aed Ruad, déclara finalement Cimbaeth pour démontrer sa bonne volonté. Avant toute chose, nous lui donnerons une sépulture digne de lui. Ensuite, nous discuterons…

Les hommes continuèrent à se défier les uns les autres, mais finalement le corps d'Aed Ruad fut enseveli selon la coutume au pied de la cascade, et un cairn fut dressé sur la tombe.

– Cette cataracte portera désormais le nom de « chute d'Aed Ruad », fit Mongruad-Macha en posant la dernière pierre sur le tertre.

Puis, elle se détourna et ordonna :

– Maintenant, en route. Le chemin est long jusqu'à Tara. Conn attend les otages.

Les Ulates s'empressèrent de ramasser leurs effets. Si certains se posaient des questions sur la soudaine assurance de Mongruad et, surtout, sur son absence de pleurs pour la perte de son père, elle qui était si sensible d'habitude, personne ne le manifesta.

Les groupes se reformèrent en fonction des clans auxquels appartenaient les hommes, entourant les otages de plus d'attentions, principalement les femmes et les enfants, car la méfiance avait fait son apparition et tous redoutaient que fût déclenchée une bataille sous un prétexte futile.

La troupe menée par Cimbaeth prit rapidement un peu d'avance. Voyant cela et comptant en profiter, Mongruad se faufila entre les rangs pour rejoindre ce dernier. Elle jetait de fréquents coups d'œil derrière elle pour s'assurer que Dithorba n'avait pas compris sa manœuvre. Entre elle et lui marchaient une centaine de personnes, et elle jugea que c'était suffisant pour la dissimuler. Elle avait une proposition à faire au plus jeune des deux cousins.

– Cousin... Tu sais que je t'ai toujours beaucoup apprécié, murmura-t-elle sur un ton aimable dont elle tenta de camoufler la fausseté. Souviens-toi... Même si tu es plus âgé que moi de dix ans, tu as toujours accepté de partager mes jeux d'enfant. Tu es même devenu mon protecteur lorsque les autres enfants m'embêtaient...

Cimbaeth ne broncha pas. Il se demandait où Mongruad voulait en venir avec ses roucoulades qui ne lui ressemblaient guère, puisqu'elle était habituellement réservée, fort timide, véritablement sans intérêt.

– Voilà, je n'irai pas par quatre chemins, mon cousin ! J'ai une proposition à te faire...

Le jeune roi tourna enfin la tête dans sa direction et elle lui décocha un sourire à fendre un menhir. Il sentit son cœur s'emballer. Pour la première fois, il trouvait sa cousine particulièrement jolie et terriblement attirante. Il n'en croyait pas ses yeux. Qu'une telle métamorphose se fût opérée était tout simplement mystérieux... et intrigant. En réalité, Mongruad elle-même n'avait pas grand-chose à voir dans cet étonnant changement. Ce n'était qu'une autre manigance de Macha la noire. Tout en s'adressant à Cimbaeth, la sorcière s'était glissée dans l'esprit du jeune homme pour insuffler du désir dans ses pensées et, surtout, pour lui montrer Mongruad sous un jour avantageux, car, franchement, la jeune fille n'était ni jolie ni attrayante pour un si bon guerrier.

– Que me veux-tu ? balbutia Cimbaeth dont le cœur tambourinait dans la poitrine.

– Nous pourrions régner tous les deux..., soupira-t-elle en roulant des yeux de velours.

– Ah oui ! ? Et comment penses-tu que nous pourrions faire cela ? répondit le roi qui sentait la tête lui tourner.

– C'est simple ! Il suffit que tu m'épouses. Ton septennat et le mien donneront quatorze ans de règne...

– Je ne crois pas que Dithorba acceptera cela sans broncher, grogna Cimbaeth sans pouvoir détacher son regard de la bouche en cœur de sa belle compagne de route.

– Que nous importe Dithorba, reprit la tentatrice, fixant ses yeux sombres dans ceux de son cousin. Tes guerriers et les miens, combattant côte à côte, pourront aisément se débarrasser de ce vieux râleur et de ses hommes.

Cimbaeth détourna la tête et Mongruad-Macha sourit. Si, dans les cinq secondes qui suivaient, le jeune roi ne faisait pas demi-tour pour se précipiter vers Dithorba afin de le prévenir de cette proposition malhonnête, c'était qu'elle avait réussi à l'envoûter. Elle attendit. Le jeune homme ne bougea pas.

– Bien, nous sommes d'accord ! poursuivit Mongruad-Macha. Au prochain campement, pendant que je disposerai mes hommes de façon à encercler ceux de Dithorba, toi, tu ordonneras aux tiens de veiller à ce que personne de son clan ne puisse s'échapper lorsque mon attaque commencera.

Cimbaeth hocha la tête en silence tout en poursuivant sa marche, quelque peu mal à l'aise, mais néanmoins complice de la traîtrise à venir. De son côté, Mongruad-Macha ralentit le pas pour se mêler aux gens de son clan, puis elle vint se placer aux côtés d'Ultán. Elle lui fit part de son plan, et le guerrier ulate l'assura que tout serait fait selon ses ordres.

Au coucher du soleil, les Ulates arrivèrent près du Champ des Adorations, situé dans la région des grottes de Cavan. Peu d'entre eux étaient d'accord pour établir le campement dans cet endroit maléfique où rôdait encore le Cromcruach. La pierre dorée trônait toujours au centre de la plaine, même si, depuis la mort de Tigernmas, plus personne n'avait osé venir s'incliner devant elle. Les herbes folles recouvraient presque entièrement le mégalithe, source de tant de malheurs, et bientôt il disparaîtrait de la vue de tous. Ce dont plusieurs rêvaient pour un proche avenir, tant ce monument leur rappelait de mauvais souvenirs.

Les clans s'installèrent le mieux possible. Dithorba et Cimbaeth distribuèrent les tours de garde à leurs hommes. Ultán fit de même avec ceux de Mongruad. Pour le moment, la jeune fille ne tenait pas à démontrer trop d'intérêt pour le pouvoir et elle avait désigné Ultán comme commandant de ses troupes. Sur le qui-vive, les guerriers passèrent une nuit passablement agitée, tous redoutant que le serpent cornu ne profite de l'obscurité pour les attaquer sournoisement. Cette vigilance n'était pas pour déplaire à Mongruad-Macha. Les hommes seraient fatigués lorsqu'elle déclencherait les hostilités. Elle userait de magie pour soutenir ceux de son clan et de celui de Cimbaeth, tandis que les hommes de Dithorba seraient laissés à eux-mêmes, épuisés et incapables de soutenir l'assaut de deux groupes armés.

De plus, à cause du grand nombre de femmes et d'enfants que les Ulates devaient livrer en otages à Conn, l'importante troupe était obligée de faire des pauses régulières. Un voyage qui n'aurait pris que trois ou quatre jours à une troupe de guerriers aguerris allait en prendre dix, voire douze. Le terrain était accidenté, et le groupe devait faire de grands détours pour contourner des rivières trop profondes, des ravins trop abrupts, des collines trop pentues pour les plus jeunes. Dans les esprits et dans les corps, la fatigue et la lassitude faisaient leur œuvre.

Au petit matin, lorsque l'ordre du départ retentit, personne ne resta à la traîne pour une fois, car la pensée de Cromcruach occupait encore tous les esprits. Après quelques heures de marche, Mongruad-Macha vint de nouveau parler à Cimbaeth.

– Tiens-toi prêt, cousin ! À la prochaine halte, nous passerons à l'attaque.

Le jeune roi baissa les yeux. Il avait honte de sa trahison, mais son cœur était maintenant totalement sous l'emprise de celle qu'il prenait pour sa gentille cousine Mongruad. Plus rien d'autre ne lui importait que le mariage qu'elle lui avait promis.

Suivant à la lettre le plan mis au point par Mongruad-Macha, Ultán donna l'ordre du repos après avoir repéré un endroit propice à un guet-apens. La clairière était vaste. Elle semblait avoir été occupée précédemment, puisque deux cabanes à moitié écroulées se dressaient en périphérie. Le commandant des troupes de Mongruad en réquisitionna aussitôt une pour l'offrir à sa reine, laissant le soin à Cimbaeth et Dithorba de se disputer l'autre. À la stupéfaction de son cousin, Cimbaeth annonça qu'il préférait dormir à la belle étoile. Il laissa donc les hommes de Dithorba remettre la hutte en état pour le repos de leur maître.

Lorsque, enfin, les cahutes furent réparées, que le repas fut pris et que tout le monde se prépara à prendre un peu de repos, Cimbaeth demanda à ses hommes d'encercler la clairière, sous prétexte de monter la garde.

Il était presque minuit lorsqu'un hurlement terrible sema la consternation dans le campement. C'était les hommes de Mongruad-Macha qui se jetaient sur ceux de Dithorba sans leur laisser le temps de saisir leur épée, leur javelot, leur fronde ou leur arc. Les guerriers, pris de court, furent réduits au silence en quelques minutes à peine. Les femmes et les enfants, paniqués par autant de bruit et de violence, joignirent leurs cris aux hurlements de guerre des traîtres menés par Ultán et Cimbaeth. Pour sa part, Mongruad-Macha s'était glissée dans la cabane où reposait Dithorba. Le premier hurlement qui retentit fut le signal. Au moment même où ses hommes étripaient leurs anciens compagnons de route, elle plongea son poignard dans le cœur de son cousin. Le roi ouvrit ses yeux où brilla une lueur d'incompréhension, puis il les referma à jamais. Mongruad-Macha ressortit aussitôt de la cabane pour se rendre compte de la situation dans la clairière. Le carnage était total. Elle esquissa un sourire de satisfaction.

Ultán vint la rejoindre, poussant devant lui deux des cinq fils de Dithorba, les plus jeunes, âgés respectivement de sept et neuf ans. Les enfants étaient terrorisés et pleuraient.

– Où sont les trois autres? demanda Mongruad-Macha, furieuse.

– Ils se sont enfuis… mais ils n'iront pas bien loin, répondit aussitôt Ultán. Ils montent vers le nord dans la région des plaines, où ils ne trouveront guère de grottes ou d'arbres assez gros pour se cacher.

– Laisse-les partir! intervint Cimbaeth, atterré par l'ampleur de sa propre trahison. Le sang a assez coulé pour aujourd'hui. Inutile que celui de ces innocents vienne souiller un peu plus nos mains.

Mongruad-Macha inspira profondément. Elle n'avait que faire de la clémence, mais elle se méfiait de Cimbaeth. Le roi pouvait se retourner contre elle si elle ne démontrait pas un peu de pitié pour de si jeunes enfants.

Je pourrais facilement me débarrasser de Cimbaeth et de sa troupe, mais Conn ne laissera pas passer un tel affront. Il a choisi trois rois pour gouverner l'Ulaidh. Lui faire accepter la mort accidentelle d'Aed Ruad sera facile, puisque Cimbaeth en a été témoin et pourra en attester. Pour la disparition de Dithorba, ce sera simple de faire croire que c'est lui qui nous a attaqués en premier, mais le trépas de Cimbaeth deviendrait plus difficile à justifier, songea-t-elle.

– Si tu t'en prends à eux, leurs trois frères aînés chercheront vengeance… et encore une fois, le sang viendra éclabousser ton nom, Mongruad, poursuivit Cimbaeth. Laisse-les partir…

– Je ne vous veux aucun mal, fils de Dithorba, lança-t-elle enfin aux enfants, tandis qu'apeurés les petits garçons étaient suspendus à ses lèvres dans l'attente de sa décision. Je vous laisse la vie sauve, à condition que vous partiez en exil. Vous deux et vos trois frères, que nous allons rapidement capturer, ne devrez jamais remettre les pieds en Ulaidh. C'est bien compris ? Ultán, tu les feras accompagner au Connachta, qu'ils entrent au service de Mebd et Aillil. Mais en attendant, qu'une cinquantaine de nos guerriers m'accompagnent. Il faut rattraper les trois fuyards.

Le commandant de Mongruad se hâta de sélectionner cinq guerriers pour surveiller les deux enfants, puis prit la tête du détachement qui accompagnerait Mongruad pour aller capturer leurs frères. Cimbaeth et ses troupes restèrent au campement.

Quelques heures plus tard, au lever du soleil, les poursuivants menés par Mongruad-Macha découvrirent les trois jeunes frères, âgés de douze à dix-sept ans, enlacés et profondément endormis au pied d'une haute colline verdoyante. Les adolescents furent réveillés sans douceur et ligotés les uns aux autres.

– À qui appartient cet endroit ? demanda Mongruad-Macha.

– À toi, répondit Ultán. Ces plaines et ces champs font partie d'Ulaidh. Ils sont parmi les plus fertiles d'Ériu.

Mongruad-Macha tourna sur elle-même pour examiner les alentours. Aussi loin que ses yeux pouvaient porter, elle ne voyait que d'immenses plaines où poussaient le blé, l'avoine et l'épeautre.

– Dorénavant, cette colline se nommera Ard Macha..., lança-t-elle.

Macha! songea Ultàn. *Voilà donc le nouveau prénom que la fille d'Aed Ruad s'est choisi pour marquer son nouveau statut de reine. Oui, cela lui va bien! Macha!*

Détachant la fibule qui fermait sa cape vert sombre, Macha se servit de la pointe pour tracer un vaste cercle dans un champ en friche. Ultán ne pouvait détacher ses yeux du bijou. Il n'en avait jamais vu de semblable: la broche d'or et de bronze représentait un superbe cheval qui effectuait une redoutable ruade. Le guerrier plissa les yeux et examina Mongruad à la dérobée. Il ne reconnaissait pas la fille douce et sensible d'Aed Ruad dans cette jeune femme forte et déterminée. Et cette broche... Quelqu'un lui avait déjà décrit ce bijou, mais il n'arrivait pas à se souvenir de qui il s'agissait. Il se concentra pour faire remonter certains souvenirs enfouis au fond de sa mémoire. Un cheval qui rue*... Où en avait-il vu un? Où en avait-il entendu parler?

Soudain, la lumière se fit dans son esprit. C'était Finn, le chef de l'Ordre des chevaliers des Quatre Royaumes, qui en avait parlé un jour qu'il narrait ses aventures. Finn avait arraché un tel bijou à une bansidh. En échange, elle lui avait accordé le don de pouvoir guérir un blessé en puisant de l'eau à une source claire.

Ultán frissonna. Mongruad était-elle une bansidh ? *Impossible*, se dit-il. *Je la connais depuis sa naissance. Et pourtant, elle a tellement changé. Elle est plus déterminée et plus dure, plus jolie aussi qu'avant... qu'avant de tomber dans la rivière ! C'est ça. La rivière... Une bansidh a dû s'introduire dans son corps pendant qu'elle était dans l'eau. Par Hafgan ! Je dois me méfier...*

Mongruad-Macha achevait de tracer son immense cercle. Pendant qu'elle procédait, elle n'avait cessé de sonder l'esprit d'Ultán, car elle avait compris que l'homme était intrigué par son comportement. Elle avait pu lire ses interrogations et ses conclusions. Elle sourit intérieurement. Si le guerrier avait peur d'elle, il ne lui en serait que plus fidèle.

C'est bien qu'il me prenne pour une bansidh, il n'osera pas me désobéir. Je pourrai me servir de lui pour mes basses œuvres..., songea-t-elle en piquant sa fibule dans sa cape.

– Bien ! reprit-elle à voix haute, voici les limites de la future capitale d'Ulaidh.

Elle désigna le cercle qu'elle venait de tracer dans la plaine.

– Elle s'appellera Emain Macha, et sera le cœur sacré de mon royaume. Ultán, je te charge de trouver des esclaves pour dresser les remparts et les murs de ma forteresse.

Chapitre 5

Pendant ce temps, Celtina, Ossian et Malaen poursuivaient leur route. Au lever du jour, ce matin-là, la jeune prêtresse, constatant que ses provisions allaient bientôt s'épuiser, décida d'aller à la chasse. Les voyageurs se mirent donc à l'affût dans les hautes herbes dans l'espoir d'attraper un oiseau ou des grenouilles. Ils patientèrent pendant deux heures, mais en vain. Alertés par on ne sait quel sixième sens, ou peut-être par l'intervention de Flidais, leur déesse protectrice, les animaux semblaient avoir déserté les marais.

– Changeons d'endroit, proposa Celtina en se levant et en désignant le cœur des marais à ses deux compagnons.

Après une heure de marche, le petit groupe parvint à un cours d'eau claire, rebondissant en cascade sur des rochers ronds, érodés par l'action de l'eau au fil des siècles. L'adolescente décréta que la pêche dans ce torrent serait sans doute plus profitable que la chasse. Elle se dirigea vers un bassin où se jetait l'eau bondissant des rochers et y entra jusqu'aux genoux. Elle retourna quelques galets du lit de la rivière, convaincue qu'elle était d'y trouver des écrevisses. S'ils étaient bien présents, comme elle l'espérait, les crustacés se dérobaient toutefois à ses doigts agiles.

– Ah ! Ces sacrées bestioles parviennent à me déjouer avec une facilité qui n'est pas naturelle, grommela-t-elle. Je crains qu'elles n'aient été prévenues de mon intention par la déesse protectrice de cette source. Elles me filent entre les mains.

Elle se tourna vers Malaen et Ossian pour les prendre à témoin de ce phénomène étrange lorsqu'elle se figea. Elle ne reconnaissait plus le paysage qui les entourait. Il n'y avait plus de marais, plus de hautes herbes ondulant sous le vent, seulement des collines disparaissant sous les ronces et, à première vue, dépourvues de vie.

– Malaen, que se passe-t-il ? Où sommes-nous ?

Ses deux compagnons étaient aussi éberlués qu'elle. Ni l'un ni l'autre n'avaient eu connaissance du changement qui s'était opéré dans leur environnement.

– Ah, mais je connais ce lieu…, murmura finalement Ossian. Il appartient à l'Autre Monde. Je me souviens. Le Druide Noir m'y a déjà entraîné quand je vivais avec la biche blanche. Il a essayé de m'y perdre. On l'appelle la Vallée des Ifs. On peut y faire des rencontres, euh… étranges !

– Étranges ? Qu'entends-tu par là ? le questionna Celtina tout en scrutant les alentours, car elle ne s'y sentait pas du tout à l'aise.

– Je ne peux pas t'en dire plus ! Je n'y suis venu qu'une fois. Comme je te l'ai dit, le Druide Noir avait le projet de m'y abandonner, mais Sadv est venue rapidement à mon secours et, crois-moi, nous ne nous y sommes pas attardés.

– Malaen, qu'en penses-tu, toi qui viens de l'Autre Monde ?

– Il a raison, c'est bien un endroit du Síd. Mais je n'y suis jamais venu. Il y a trop de légendes maléfiques au sujet de ce lieu... Généralement, on l'évite, même les Thuatha Dé Danann ne veulent pas y pénétrer.

– C'est rassurant ! fit-elle. Je me demande bien comment nous avons pu arriver jusqu'ici !

– Ce n'est pas nous qui y sommes arrivés, nous avons été déplacés à notre insu ! répliqua Ossian.

– Tu as raison, convint la prêtresse. Mais il est hors de question que nous nous laissions manipuler comme ça. Il faut chercher un moyen de sortir d'ici. Et vite.

Elle fit un tour complet sur elle-même pour bien observer les alentours, puis, sa décision prise, elle se dirigea sans hésitation vers ce qui pouvait ressembler à un chemin étroit qui paraissait sinuer entre les amas de ronces. Malaen et Ossian la suivirent en râlant.

Les épineux les griffaient et entravaient leur avancée, se refermant derrière eux comme un piège inextricable.

– Nous ne pourrons plus revenir sur nos pas, constata Malaen en jetant un coup d'œil sur le chemin parcouru.

– Eh bien, avançons droit devant ! répliqua Celtina avec entêtement.

– Vraiment, je déteste ce lieu ! pleurnicha Ossian. Et cette fois, Sadv ne viendra pas pour me sauver.

– Moi aussi, je le déteste, mais nous n'avons pas le choix ! répondit la prêtresse. Allez, courage, nous finirons bien par trouver une sortie. Restons calmes et confiants, nous avons connu des situations pires que celle-ci.

Celtina continua à avancer. Les ronces semblaient s'écarter juste assez pour lui livrer passage, mais se refermaient aussitôt derrière elle, ce qui ralentissait Malaen et Ossian, comme si la végétation cherchait à les isoler les uns des autres.

Après un long moment de marche, la nervosité gagna les voyageurs. Le tarpan et le fils de Finn prirent un peu de retard sur la jeune fille, et les taillis se firent plus denses.

– Attends-nous ! lança Malaen. Ne laissons pas les forces qui sont à l'œuvre dans cet endroit nous séparer. Nous ne devons pas nous perdre de vue.

– Nous allons bien finir par déboucher sur une clairière ou dans un endroit plus dégagé, fit Celtina, ralentissant sa marche pour permettre à Ossian et Malaen de la rejoindre.

En se retournant, ils constatèrent que le chemin derrière eux n'existait plus. Les ronces, les épineux, les taillis avaient pris une taille démesurée et les dépassaient largement. Autour d'eux, le ciel s'était obscurci, comme si la nuit tombait déjà, alors que c'était impossible ; Celtina évalua qu'il n'était pas tout à fait midi.

– J'essaie de projeter mon esprit par-delà ce labyrinthe maudit et je n'y parviens pas, murmura-t-elle, consciente qu'ils étaient maintenant à la merci de forces maléfiques.

– Moi non plus, confirma Malaen. Nos pouvoirs semblent sans effet dans cet endroit.

Le cheval avait à peine terminé sa phrase que des hennissements retentirent, comme une réponse à leurs interrogations.

– Ah, nous sommes sauvés ! s'exclama Ossian. Nous avons probablement tourné en rond, et nous voici de retour dans les Eaux Mortes… Les chevaux sauvages nous indiquent la voie à suivre.

Les trois compagnons reprirent leur progression vers l'avant, car c'était de cette direction que leur parvenaient les bruits des chevaux. Tout à coup, sans que rien ne pût laisser deviner une trouée dans les ronciers,

Celtina, en écartant avec précaution des branches piquantes, découvrit un espace chaotique et désertique. Elle remarqua une rivière qui ressemblait étrangement à celle où elle s'était trempée les pieds plus tôt. Mais elle comprit vite sa méprise. Ce cours d'eau était bordé de sommets aux rochers hérissés, et des touffes d'épineux poussaient ici et là sur les pentes abruptes qui l'entouraient.

– Je vous l'avais bien dit ! s'exclama Celtina. Voici un endroit où nous allons pouvoir nous reposer… et peut-être trouver du gibier ou du poisson, car j'ai vraiment faim.

– Moi aussi, je suis affamé, répliqua Ossian. L'endroit est idéal pour se mettre à l'affût. Nous aurons sans doute la chance que des animaux viennent s'abreuver à ce cours d'eau.

Ils se cachèrent derrière des rochers et attendirent. En fait, ils n'eurent pas à rester bien longtemps dissimulés ; dans un grand bruit, ils virent apparaître une harde de chevreuils.

Celtina avait glissé une flèche sur la corde de son arc, mais, au dernier moment, elle retint son geste. En constatant que les animaux étaient d'un blanc immaculé, elle comprit qu'il s'agissait de bêtes de l'Autre Monde. Ce n'était pas le moment de s'attirer la malédiction des cervidés magiques. Elle abaissa son arme. Les bêtes se désaltérèrent, puis repartirent. Les trois voyageurs continuèrent à rester aux aguets, mais aucun autre animal ne se présenta à la rivière. Celtina avait aussi remarqué que les eaux ne contenaient aucun poisson, aucun crustacé, pas même un insecte…

– Nous ne trouverons rien à nous mettre sous la dent ici, soupira-t-elle en sortant de sa cachette. Il vaut mieux chercher un autre endroit.

Ossian et Malaen approuvèrent en silence. Ils reprirent leur progression. Cette fois, après avoir bien observé les alentours, Malaen dénicha un chemin plus large, dégagé, qui n'était encombré ni par des branches ni par des épineux. Une vraie bénédiction, car les jambes de Celtina et d'Ossian portaient de nombreuses égratignures douloureuses. Et même s'il ne se plaignait pas, Malaen boitillait, car ses quatre pattes n'étaient guère en meilleur état.

Ils avancèrent en silence, se retournant de temps à autre pour surveiller leurs arrières : la tranquillité du lieu était plus inquiétante que rassurante. Tout à coup, le ciel devint noir. La nuit était tombée brusquement, sans les signes habituels du coucher du soleil.

– Hum ! Nous avons dû beaucoup errer sans nous en rendre compte, déclara Celtina. Nous ne pouvons pas continuer dans l'obscurité. Il faut trouver un endroit pour passer la nuit…

– Installons-nous près de la rivière, suggéra Malaen. Nous aurons au moins de l'eau à portée de main.

– Oui, mais elle est où, cette rivière ? lança Ossian. On n'entend plus l'eau rebondir sur les rochers.

Ils tendirent l'oreille. Effectivement, c'était le silence le plus total. Cette absence du moindre son était angoissante. Ils se sentaient terriblement démunis, sans nourriture, sans abri et perdus au cœur d'une nuit d'encre. Ils n'avaient plus aucun point de repère.

– Il vaut mieux rester ici, sur place, et attendre le lever du jour avant de reprendre notre route, décida Celtina en s'asseyant à l'endroit même où la nuit les avait surpris.

– Écoute ! fit Ossian. Il me semble entendre quelque chose. On dirait des cris et des gémissements.

Ils tendirent l'oreille. Il n'y avait pas le moindre souffle de vent, aucun frôlement d'animal ou d'insecte dans les taillis en bordure du chemin. Soudain, Malaen baissa ses naseaux vers le sol pour le humer à grands coups.

– Il y a comme une longue clameur qui se propage dans la poussière, fit-il en relevant la tête. On dirait que les sons sont plaqués au sol et avancent en vague sous nos pieds… Tu as raison, ce sont des gémissements.

– D'où peuvent-ils provenir ? demanda Celtina. On ne voit rien aux alentours… Ossian, grimpe sur le dos de Malaen et regarde de tous les côtés. Ça doit bien provenir de quelque part… et si on les entend, c'est que ce n'est pas très loin !

Ossian obtempéra. En équilibre sur le dos du tarpan, le garçon scruta l'obscurité avec application.

– Ah oui, il y a une faible lueur… là-bas, dans la direction que suit le chemin, fit-il en se laissant glisser à bas du cheval.

– Eh bien, allons-y ! s'enthousiasma Celtina. Désolée, Malaen, mais Ossian et moi allons devoir tenir ta crinière, chacun d'un côté, pour être sûrs que nous ne nous éloignerons pas les uns des autres…

– J'allais te le suggérer ! répondit le tarpan.

Le garçon et la prêtresse se saisirent donc des crins du cheval et le trio se mit en route. Heureusement, le chemin était maintenant assez large pour qu'ils puissent avancer à trois de front. Au fur et à mesure de leur progression, les plaintes se firent plus nettes, mais aussi plus lugubres. Puis, le chemin déboucha sur une lande au sol raboteux, aux cailloux coupants et dépourvue de végétation. Dans le noir, ils distinguèrent la silhouette indécise d'une cabane, faiblement éclairée. La cahute était en ruine, son toit de chaume s'était écroulé à l'intérieur. Pourtant, c'était bien de là que provenaient la lumière diffuse et les lamentations.

– Oh, je n'aime pas ça ! dit Ossian. Ce n'est pas une bonne idée de demander l'hospitalité dans cette étrange hutte.

– Nous n'avons pas vraiment le choix, lui répondit Celtina. C'est ça ou alors nous devrons rester dehors, exposés à la faim, à la soif et au froid... Tu as dû constater comme moi que la température chute très vite ici. Dans cette cabane, nous serons au moins à l'abri. Et regarde! La lumière doit sûrement provenir d'une belle flambée. Peut-être pourrons-nous y obtenir quelque chose à manger.

Elle énumérait ses arguments pour persuader Ossian, mais, ce faisant, elle tentait de se convaincre elle-même. Elle avança la première et allait pousser la porte de la cabane lorsqu'elle s'ouvrit de l'intérieur. Sur le seuil se dressa un géant, difforme et horrible, éclairé par la lumière vacillante du feu qui brûlait dans l'âtre, à l'intérieur. Les voyageurs sursautèrent, et même Malaen recula.

– N'ayez pas peur! fit le colosse aux longs cheveux blancs, fins comme des fils d'araignée, qui retombaient en mèches raides sur ses épaules.

Son visage gris, éclairé par deux yeux blancs surmontés de sourcils tout aussi immaculés, était inexpressif, comme si la vie ne battait pas dans ses veines.

– Cythraul! murmura Malaen.

Celtina frissonna. Cythraul, dont le nom signifiait « le Destructeur », était le maître des non-êtres, le frère d'Arawn. Si Arawn était le maître des morts du Síd, Cythraul était celui des âmes qui n'avaient pas encore pu se matérialiser. Son royaume s'appelait Anwn.

Dans Anwn se trouvaient deux cercles: Gobren, le monde de l'Injustice, où les âmes étaient à l'état végétatif, et Kenmil, le monde de la Cruauté, où l'être vivant, homme ou animal, se laissait emporter par ses instincts et ses habitudes. Toutefois, un passage de l'âme par Anwn n'était pas forcément maléfique, car ce séjour avait également pour effet de stimuler la réflexion et de permettre à l'être humain de changer de voie, de se repentir si besoin était, et d'aspirer ainsi à la réincarnation ou à la libération.

– Venez, entrez..., les invita Cythraul. Soyez les bienvenus, il ne vous arrivera rien de malheureux, je vous le promets.

Ossian, Celtina et Malaen échangèrent des regards indécis. Que valait la promesse du maître des non-êtres ? Ils hésitaient à faire confiance au géant, mais, en jetant un coup d'œil derrière elle et en constatant que la lande était maintenant recouverte de givre, la prêtresse songea qu'il valait mieux être à l'intérieur que dehors par une nuit si froide. Ils trouveraient bien un moyen de sortir de cette cabane une fois le jour revenu.

Elle avança un pied, puis l'autre. Finalement, elle se décida et entra, suivie d'Ossian et du tarpan. Aussitôt qu'ils furent dans la place, Cythraul se hâta de refermer la lourde porte de bois qu'il condamna à l'aide d'une grosse poutre et d'une chaîne d'acier.

– Je suis heureux de vous accueillir dans mon humble foyer, fit le géant. Entrez, installez-vous confortablement. Je suis si content de faire enfin ta connaissance, Celtina du Clan du Héron, l'Élue dont la renommée est si grande parmi les Tribus de Dana. Bienvenue à toi, Ossian, fils de Finn et de Sadv. C'est un grand plaisir de te rencontrer. Et à toi aussi, Malaen, cheval de l'Autre Monde. Votre présence en ce lieu m'honore.

La prêtresse et l'enfant s'installèrent sur des tabourets disposés autour de l'âtre central qui dégageait une vague chaleur, tandis que Malaen se couchait sur une litière de paille qui semblait avoir été mise là à son intention.

Le géant ramassa une énorme brassée de bois et la jeta dans l'âtre. Aussitôt, une fumée âcre et puante se répandit dans la pièce, manquant de faire suffoquer les trois voyageurs. Leurs yeux larmoyants aperçurent alors des gens qui émergeaient de tous les recoins de la maison où ils s'étaient réfugiés. Ces créatures étaient effroyables. Leur corps était déformé, leur visage, barré d'un sourire terrifiant. Certaines n'avaient même pas de tête, tandis que d'autres affichaient des blessures horribles. Ossian et Celtina étaient figés de stupeur, mais aussi, ils s'en rendirent compte, immobilisés sur leur tabouret par une force qui contrôlait leurs mouvements. Malaen ne laissait rien transparaître. En tant que cheval de l'Autre Monde, ce spectacle ne le surprenait guère. Cythraul rajouta des branches dans les flammes et la fumée s'accentua. Le géant s'adressa ensuite aux corps qui continuaient de déambuler autour d'eux.

– Pendant que je prépare le souper pour nos hôtes de marque, mes chers amis, il faut divertir nos visiteurs. Que le spectacle commence !

Alors, les créatures poussèrent des cris aigus, se mirent à virevolter et à exécuter des mouvements désordonnés... Celtina vit du sang couler de certaines plaies béantes tandis que les chants terrifiants se poursuivaient. Elle était toujours incapable de se lever et de fuir les lieux et devait, malgré elle, assister à cette exhibition donnée par les non-êtres.

Nous avons été bernés, songea-t-elle en voyant tout à coup apparaître de longues formes évanescentes* qu'elle ne connaissait que trop bien. Les Anaon*, les esprits des bois au service de Macha la noire, venaient de se joindre à la danse macabre.

Chapitre 6

Quelques jours plus tôt

Comme chaque année, les druides tenaient leurs assises* dans un lieu consacré du centre de la Gaule, au pays des Carnutes. Parmi eux se trouvaient Iorcos, dit Petit Chevreuil, et Arzhel, surnommé le Prince des Ours, deux anciens élèves de Maève, dans l'île de Mona. Depuis quelques mois, les deux apprentis suivaient la formation dispensée par Maponos, le Sanglier royal, et tous deux s'étaient révélés d'excellents étudiants, attentifs, studieux et obtenant de très bons résultats, notamment en magie, en incantation et en médecine druidique. L'archidruide était très fier d'eux, surtout sur le plan de leur comportement. Les deux jeunes hommes s'étaient rapprochés et s'entendaient plutôt bien.

Iorcos avait encore quatre années d'études devant lui, et le Sanglier royal avait décidé qu'il continuerait à assurer l'éducation du jeune Andécave, malgré les nombreuses responsabilités qui lui incombaient. En effet, Maponos, en tant que druide-guerrier, menait la conspiration des chefs et des rois gaulois qui n'attendaient qu'un signe pour se soulever contre les Romains. Jules César ne s'y était pas trompé et l'avait surnommé Gutuater, ce qui signifiait « le Maître des Invocations » ou « le Maître de la Voix ». Mais malgré cette obligation qui occupait presque tout son temps, le talent qu'il avait décelé chez Iorcos avait donné à Maponos l'envie de continuer à le former plutôt que de le confier à un druide subalterne.

Quant à Arzhel, la protection de l'archidruide l'avait, semblait-il, peu à peu libéré de l'emprise de Macha la noire. Son caractère s'était adouci, toutefois ni son maître ni Iorcos n'osaient croire qu'il avait su totalement combattre ses travers*. Malgré les bonnes dispositions dont il faisait preuve désormais, il leur était impossible d'oublier que la violence qui l'habitait et le côté sombre de sa personnalité avaient fait de lui une prise de choix pour la Dame blanche. En fait, ils étaient conscients qu'il suffirait de bien peu pour que, de nouveau, son tempérament impétueux et ses défauts ne reprennent le dessus sur sa bonne volonté. Arzhel demeurait fragile et influençable.

La grande réunion annuelle des druides se déroulait à l'occasion de l'Alban Efin, c'est-à-dire le solstice d'été, la plus longue journée de l'année, que Celtina avait célébré avec un peu de retard en compagnie de Mirèio, Afons et Ogme dans l'île de Kauco*.

Réunis près d'une fontaine située sur une butte qui, même en cas de crues importantes de la Liga, restait toujours à sec, une centaine de druides étaient venus écouter les paroles du Sanglier royal. Ces druides, vates, filidh, ollamhs, représentants des tribus les plus opposées aux Romains, étaient tous venus prendre les avis du plus grand d'entre eux, l'archidruide. C'était par leurs voix que circuleraient les nouvelles et les ordres déclenchant la rébellion.

Le site mystique, magique et religieux de Monroval présentait tous les attributs sacrés de sa fonction. Des aigles et des serpents avaient été dessinés sur les troncs des chênes. On pouvait aussi y voir des personnages à tête de bélier et de cheval, la représentation d'un sanglier dans des entrelacs, symbole de sa consécration druidique, et le visage de Cernunos qui observait la scène.

Trois immenses bûchers avaient été dressés pour accueillir les têtes et les pattes des taureaux sacrifiés, tandis que les apprentis druides distribuaient le reste, qui était consommé par les plus importants parmi les savants rassemblés pour l'occasion.

Une fois ses hôtes rassasiés, Maponos avait congédié les apprentis. Aucun d'eux ne devait connaître les ordres et les mots secrets qui serviraient à déclencher les hostilités. Se conformant aux volontés du Sanglier royal, Arzhel, Iorcos et plusieurs autres s'étaient retirés dans la Maison des Connaissances que l'archidruide avait fait ériger à Monroval pour accueillir ses protégés.

Après avoir pris leur repas, les apprentis s'étaient endormis, repus mais surtout sans crainte, car la centaine d'hommes assemblés dans la forêt sauraient les protéger quoi qu'il arrive.

La nuit portait la voix de l'archidruide par-delà le nemeton sacré, et Arzhel et Iorcos ne parvenaient pas à trouver le sommeil, surtout que plusieurs élèves ronflaient à qui mieux mieux.

Les deux jeunes hommes s'étaient donc installés dans un endroit d'où ils pouvaient observer le ciel. Après quelques minutes, tout naturellement, ils s'étaient mis à se défier. Lequel était le plus apte à nommer les étoiles et les constellations dans le laps de temps le plus court et, surtout, sans faire d'erreur ?

– Je vois la Lyre de Dagda, commença Iorcos.

– Facile ! s'exclama Arzhel. Sa principale étoile est vraiment très visible, il faudrait être aveugle pour ne pas la voir.

– Et voici Creiddylad, fille de la mer et fille de Lyr, poursuivit Iorcos en désignant une constellation en forme de W, dans le prolongement de la Grande Ourse.

– Pas mal ! Mais j'ai de meilleurs yeux que toi. Regarde, juste ici, au bout de mon doigt, fit Arzhel en pointant l'index vers le ciel. C'est March, le Petit Cheval.

– Oui, et voici le Messager du Síd, on le reconnaît à son long cou et à ses grandes ailes, poursuivit Petit Chevreuil, désignant une formation en forme de cygne.

Pendant près d'une heure, les deux jeunes druides s'amusèrent à reconnaître les constellations et les étoiles qui dansaient au-dessus d'eux. Concentrés sur le défi qu'ils s'étaient lancé, ils ne prêtaient plus aucune attention aux chants qui leur parvenaient atténués du nemeton sacré.

– Bon, d'accord, tu as gagné! abdiqua finalement Iorcos, après qu'Arzhel lui eut montré une série de constellations dont il avait oublié le nom et qu'il ne parvenait même pas à discerner parmi les amas d'étoiles. Je vais me coucher… Viens-tu?

– Non. Pas encore. La nuit est belle, je vais rester encore un peu! lui répondit Arzhel.

Iorcos pénétra dans la cabane mise à la disposition des apprentis, tandis qu'Arzhel, toujours couché sur le dos, confortablement installé sur sa peau d'ours, les bras croisés sous la nuque, laissait ses yeux s'emplir d'étoiles.

Tout à coup, comme piqué par une guêpe, le Prince des Ours bondit sur ses pieds. Alerté par sa prémonition druidique, il tendit l'oreille. L'esprit tout à fait dégagé de toute pensée, il se mit à inspecter les lieux par la seule force de son esprit. Il ne pouvait la voir, mais il savait qu'elle était là, qu'elle rôdait entre les arbres. Il avait ressenti sa forte présence. Et malgré l'emprise que Maponos exerçait désormais sur lui, il se sentit appelé par sa voix qu'il aurait reconnue entre mille. Il se dit que Macha la noire avait pris des risques énormes pour venir le relancer jusque dans l'antre du Sanglier royal. Que lui voulait-elle ?

Il s'éloigna de la Maison des Connaissances pour éviter d'être surpris par un apprenti pris d'un besoin pressant au cœur de la nuit, ou encore par l'archidruide, alerté par l'aura maléfique qui se dégageait de Macha.

Après s'être enfoncé d'une centaine de pas dans la forêt, l'oreille et l'esprit aux aguets, Arzhel la devina tapie derrière une souche pourrie. Il vint la rejoindre.

– Te voilà enfin ! s'exclama la sorcière. Tu te laisses distraire par les étoiles et tu n'es pas à l'écoute de l'appel de tes amis.

– Que veux-tu, Macha la noire ?

– Suis-moi !

– Pourquoi te suivrais-je ? Où veux-tu m'emmener ?

– Ne discute pas mes ordres, Arzhel, sinon tu le paieras cher…

– J'ai déjà payé cher pour t'avoir obéi, répliqua le jeune druide. Maintenant, je suis sous la protection de Maponos. Je termine ma formation druidique dans de bonnes conditions… Pourquoi viens-tu encore perturber ma vie ?

– Ha ! ha ! tu me fais rire ! fit Macha, dont la physionomie exprimait tout le contraire de ses propos, car elle n'esquissa pas même un sourire. Tu parles trop, cela trahit ta faiblesse de caractère... Allez, ne fais pas d'histoires.

Arzhel ne prononça pas une parole de plus. Déjà, Macha fouillait son esprit pour y dénicher ses plus noires pensées. En misant sur ses faiblesses et sur ses défauts, elle savait qu'il lui serait facile de reprendre le contrôle du jeune homme. Malgré ce que l'archidruide pouvait en penser, Arzhel ne serait jamais tout à fait débarrassé de sa violence. Sa fureur ne faisait que sommeiller en lui, elle ne s'éteindrait jamais. Il suffisait à Macha de souffler sur les braises de son irascibilité pour la rallumer.

Lorsque, quelques secondes plus tard, la sorcière quitta l'esprit du jeune homme, elle vit, à la lueur qui brillait dans ses yeux, qu'une fois encore elle avait réussi à s'imposer à lui. C'était même beaucoup plus facile qu'elle ne l'avait espéré.

– J'ai à faire à Ériu, mais je reviendrai te chercher dans quelques semaines, murmura-t-elle sur un ton hypnotique. D'ici là, je veux que tu te comportes avec Maponos et Iorcos comme si tu ne m'avais pas revue. En tout temps, tu devras dresser une barrière infranchissable dans ton esprit pour éviter qu'ils ne devinent mon retour.

– Bien ! souffla simplement Arzhel en baissant le regard, incapable de se soustraire à la manipulation de la sorcière.

Le temps qu'il relève les yeux, Macha la noire avait disparu. Pendant une fraction de seconde, il se demanda s'il n'avait pas été victime d'une hallucination. Mais, au fond de lui-même, il savait que ce n'était pas le cas. Il sentait la colère l'habiter de nouveau, prête à exploser à la moindre provocation, un sentiment qu'il n'avait plus ressenti depuis plusieurs semaines au contact apaisant de l'archidruide et des autres élèves de Monroval. Une larme glissa sur sa joue.

Les jours suivants, Arzhel poursuivit ses études sans rien laisser paraître du trouble qui l'habitait. Il parvint à se comporter le plus naturellement du monde, si bien qu'il ne donna aucun motif à Maponos et à Iorcos pour interroger ses pensées. Pourtant, à l'intérieur de lui, il souffrait énormément d'avoir de nouveau à user de dissimulation pour masquer son véritable caractère.

Comme Macha le lui avait annoncé, elle revint à Monroval deux semaines plus tard. Elle profita de la nuit, alors que tous dormaient paisiblement, pour attirer Arzhel à l'extérieur en usant de la transmission de pensées.

– Je t'emmène à Ériu, lui dit-elle aussitôt qu'il l'eut rejointe à l'abri des regards. L'Ulaidh est maintenant entièrement entre mes mains.

– Comment ? s'étonna le jeune homme.

– Je te raconterai cela plus tard. Ce royaume va nous permettre de nous imposer chez les Gaëls et nous servira dorénavant de base solide pour établir notre suprématie sur tous les Celtes… Bientôt, Celtina sera obligée de nous livrer tous les vers d'or qu'elle détient, car nous serons si puissants, toi et moi, que les Thuatha Dé Danann n'auront d'autre choix que de traiter avec nous…

Arzhel secoua la tête, comme s'il tentait de se débarrasser des pensées sombres que Macha avait su faire remonter à son esprit, mais les mots qu'il prononça prouvèrent, si besoin en était encore, qu'il était retombé sous l'emprise de la sorcière.

– Celtina ? Que fait-elle ? Où est-elle ?

Macha ricana méchamment.

– Elle a obtenu le vers d'or détenu par Gildas à la Belle Chevelure…

Arzhel tressaillit.

– Ne t'inquiète pas ! Ce n'est pas grave, déclara Macha. De toute façon, elle sera obligée de tous nous les divulguer au moment opportun. Elle se dirige maintenant vers la forteresse de Ra pour retrouver Tifenn… Mais, pour l'instant, je lui ai réservé une petite surprise qu'elle n'appréciera guère…

– Que veux-tu dire ? l'interrogea Arzhel en lui emboîtant le pas tandis qu'ils s'éloignaient de Monroval.

Un instant, il fut tenté de jeter un regard derrière lui, comme un dernier appel à Maponos pour que le Sanglier royal se réveille et le sauve, une fois encore. Mais Macha, sur ses gardes, bloqua toute tentative de ce genre.

Une fois qu'ils eurent mis une distance suffisante entre eux et l'archidruide, la sorcière écarta les bras et ses ailes de corbeau se déployèrent. Alors, tout à coup, comme obéissant à un ordre muet, les arbres qui les entouraient semblèrent s'écarter et un rideau de brouillard monta du sol, comme un vaste écran sur lequel Arzhel vit se dessiner des formes d'abord imprécises, puis de plus en plus claires. Les images semblaient tellement réelles qu'il avança la main comme s'il pouvait toucher les gens qui s'activaient devant lui. Mais il se rendit compte que ce n'était qu'une illusion, car au bout de son index se formèrent aussitôt des cercles fluides, comme les vaguelettes qui suivent la chute d'un caillou dans l'eau.

– Regarde bien, Arzhel…, fit Macha.

Le jeune homme se concentra sur la scène qui se déroulait devant lui. Parmi les silhouettes qui se mouvaient sur l'écran de brouillard, il distingua d'abord un enfant de sept ou huit ans, puis un cheval, et ensuite, des ombres transparentes, certaines sanguinolentes, d'autres sans tête. Brusquement, son regard se figea. Il voyait distinctement Celtina et un géant horrible, difforme et menaçant. Il frissonna malgré lui.

– Mes Anaon et Cythraul sont les maîtres de la maison de la Vallée des Ifs, située dans les plus noires profondeurs du Síd. Celtina y est complètement isolée.

– Ça ne sert pas à grand-chose, Dagda va intervenir ! soupira Arzhel en haussant les épaules.

– C'est là que tu te trompes. Personne ne pourra l'aider, répondit Macha avec un rictus mauvais. Les Tribus de Dana ne peuvent rien y faire. La Vallée des Ifs est le royaume des non-êtres. Il est totalement contrôlé par Cythraul. Nul ne peut y venir si le géant ne l'a pas permis. Elle est entièrement entre nos mains maintenant.

– Cythraul ne va pas la tuer ? s'inquiéta tout à coup Arzhel, pleinement conscient que le maître des non-êtres avait un pouvoir de mort sur ceux qui étaient à sa merci.

– Nous avons conclu un accord ! Il doit la garder dans la maison de la Vallée des Ifs tant qu'elle n'aura pas livré les vers d'or qu'elle détient. Ensuite, il fera d'elle ce qu'il voudra. Elle ne sera plus d'aucune utilité pour nous. Tu pourras toi-même récupérer les autres parties du secret des druides sans problème.

– Elle ne parlera jamais ! s'exclama Arzhel. Elle est trop têtue.

– Elle va finir par craquer… Elle sait que le temps presse maintenant. Les Romains sont partout et les Thuatha Dé Danann perdent leur influence sur les Celtes. C'est la croyance des Celtes en eux qui assure leur survie… Si les mortels les renient, ils vont disparaître… comme cet écran de brouillard.

Macha écarta ses bras et l'illusion disparut. Instantanément, la forêt retrouva son aspect normal.

Chapitre 7

Dans la maison de la Vallée des Ifs, le spectacle commandé par Cythraul était horrible au point de faire dresser les cheveux sur la tête des plus endurcis des guerriers. Ossian et Celtina étaient tellement terrorisés qu'ils osaient à peine respirer. Quant à Malaen, même s'il en avait vu d'autres, son poil se hérissait sur son échine à chaque chant déchirant des non-êtres et des Anaon.

Sur un geste du maître d'Anwn, le concert de plaintes et de gémissements cessa soudain.

– Comment trouves-tu mon spectacle, Celtina du Clan du Héron ? Apprécies-tu cette musique ? demanda le géant en dévoilant une rangée de dents pourries.

La prêtresse recula sous les odeurs pestilentielles de son haleine et se contenta de hocher la tête. Abasourdi, Ossian imita son geste.

– Tant mieux ! Et maintenant, c'est l'heure de préparer le repas, reprit Cythraul en tapant dans ses mains.

Commença alors un effrayant ballet de formes évanescentes. Les non-êtres entourèrent Ossian et Celtina, les séparant de Malaen.

Poussant le tarpan devant eux, ils l'emmenèrent dans une autre pièce sans que le petit cheval ne puisse s'y opposer ni même communiquer avec Celtina, car, comme l'avait dit Macha la noire à Arzhel, les pouvoirs magiques des êtres du Síd n'avaient plus aucune force dans cet endroit terrifiant.

Après quelques secondes, des hennissements et des cris effroyables parvinrent jusqu'à Celtina et Ossian en provenance de l'endroit où l'on avait emmené Malaen. D'un même élan, la prêtresse et le fils de Finn tentèrent de se lever pour se précipiter au secours de leur ami, mais, à leur profonde stupeur, il leur fut impossible de remuer un seul membre. Celtina se dandina sur son siège pour s'en décoller tout en tentant, encore une fois, de communiquer par la pensée avec le tarpan. Peine perdue, rien ne se passait.

Les chants des entités maléfiques reprirent, encore plus lugubres que les précédents, encore plus angoissants, si c'était possible. Pendant ce temps, Cythraul s'était mis à effeuiller des branches de sorbier pour en faire des tourne-broches. Puis, des Anaon accompagnés de non-êtres surgirent de la pièce où Malaen avait été isolé. L'un d'entre eux portait une tête de cheval sur un plateau. Celtina faillit s'évanouir. Il n'était pas possible que son ami, son confident, ait été décapité. Elle ne voulait pas le croire. Et pourtant, la tête ressemblait beaucoup à celle de Malaen. Un cri de désespoir jaillit de la gorge d'Ossian.

Insensible à sa douleur, un non-être s'arrêta devant Celtina et lui présenta la tête de cheval, tandis que Cythraul s'adressait à elle sur un ton ironique et méchant.

– Voilà la nourriture que nous avons prévue pour toi, Élue. Une façon digne de célébrer Equos, le mois du cheval.

Le dégoût, mais aussi la colère, la peur, la haine et une immense douleur se peignirent sur les traits de la prêtresse. Les larmes coulaient abondamment de ses yeux, et son cœur bondissait dans sa poitrine. Elle n'avait jamais ressenti une telle souffrance.

– Je ne veux pas de ta nourriture, géant! parvint-elle à articuler malgré ses sanglots. Je préfère me passer de repas plutôt que de toucher à un seul morceau de mon ami que tu as lâchement étêté en profitant de sa faiblesse. Tu paieras pour ça!

– Si les pouvoirs de Malaen n'avaient pas été anéantis par sa présence dans ce lieu, tu n'aurais jamais pu t'approcher de lui pour lui nuire..., poursuivit Ossian, en larmes.

Le maître d'Anwn recula d'un pas et vint se placer de l'autre côté de l'âtre central. Sur son visage, Celtina put lire toute la cruauté qui l'habitait.

– Refuser de la nourriture est une grave offense, Élue. Personne n'a jamais fait preuve d'une telle audace dans ce lieu. Je vous en donne ma parole, ma vengeance sera terrible. Vous ne quitterez jamais cette maison.

– C'est ici que s'achève ta mission, vint lui susurrer à l'oreille l'un des Anaon. Tu as échoué. Révèle-moi tes vers d'or avant que le monde celte et le druidisme ne soient plus qu'un souvenir…

– Ainsi, c'est donc ça ! s'exclama-t-elle en détournant les yeux de la tête de cheval que Cythraul avait maintenant mise à cuire dans l'âtre. Macha la noire est à l'origine de cette horreur… Jamais, jamais je ne vous livrerai le secret des druides. Jamais !

– Alors, considère que le monde celte est mort… à cause de toi ! souffla de nouveau l'Anaon.

Comme en écho aux paroles de l'esprit des bois, la cabane se mit à trembler sur ses fondations, poussant des craquements terribles qui laissaient croire que toute la masure allait s'effondrer sur ses occupants. Des têtes privées de corps furent projetées comme des balles de fronde dans la pièce, effleurant Celtina et Ossian qui peinaient à les éviter. Paralysés des jambes, ils ne pouvaient que pencher leur tronc d'avant en arrière et légèrement de droite à gauche pour les esquiver. Ces têtes grimaçaient de rage, et l'écume qui perlait à leurs lèvres écorchées dégageait une odeur infâme qui donnait des haut-le-cœur à la prêtresse et à l'enfant.

Tandis que Celtina évitait une nouvelle charge d'un crâne arrivant à pleine vitesse sur elle, ses larmes l'empêchèrent de voir venir une vieille à trois têtes édentées qui la bouscula par-derrière. Celtina plongea tête première dans un amas de cendres entassées près de l'âtre. Chacune des trois bouches édentées de la vieille poussait des cris stridents où s'entremêlaient des imprécations maléfiques.

Celtina se sentit saisir par les cheveux et vit des mains décharnées qui l'agrippaient. Des ongles griffèrent son cuir chevelu, tandis que, d'une autre main, la femme tentait de lui écorcher la gorge. Celtina était sûre que sa dernière heure était venue. Plus elle se débattait, plus la vieille tricéphale redoublait d'ardeur.

Puis brusquement, sans raison apparente, tout cessa. Les Anaon, les non-êtres et l'épouvantable mégère disparurent. Péniblement, Celtina se traîna vers la litière de paille qui conservait encore l'empreinte du corps de Malaen.

– Ce n'était qu'un avertissement, Élue ! la menaça Cythraul. Livre tes vers d'or, et Ossian et toi retrouverez la liberté.

– Jamais ! articula-t-elle en crachotant, car elle avait la bouche pleine de cendres.

– Eh bien, la prochaine séance que vous offriront les non-êtres et les Anaon sera encore plus spectaculaire..., rétorqua le géant. Nous ne cesserons pas avant d'avoir obtenu les parties du secret des druides que tu détiens. Tu resteras ici, sans manger et sans boire, autant de temps que nécessaire. Crois-moi, tu finiras bien par entendre raison.

Celtina persista à faire non de la tête jusqu'à ce que Cythraul quitte la pièce en continuant de les menacer. Le géant passa dans la salle contiguë, celle où Malaen avait perdu la vie.

– C'est un cauchemar ! murmura Ossian, terrifié. Je ne peux pas croire qu'un tel lieu existe et que nous y sommes retenus prisonniers.

– Tu as raison. Réfléchissons ! répondit Celtina en inspirant profondément pour retrouver son calme.

Elle ne voulait surtout pas céder à la panique qu'elle sentait naître en elle. Elle s'efforça de raisonner.

– Il y a quelque chose de trouble dans toute cette histoire…

– Ça, je ne te le fais pas dire ! répliqua Ossian, toujours tremblant.

– Ossian, penses-y un peu ! Quand nous nous sommes rencontrés, tu t'es projeté dans l'avenir. Tu as vu le destin de Diairmaid et de Finn… et toi, devenu adulte, tu étais avec eux au sein des Fianna.

– De quoi parles-tu ? s'étonna le garçon.

– Ah oui, pardonne-moi, j'oubliais ! fit l'adolescente. Je me suis arrangée pour que tu ne te souviennes pas de tes visions de l'avenir afin qu'elles ne te perturbent pas. Je peux toutefois te dire que, dans trente ans, tu seras un valeureux guerrier des Fianna…

– Dans trente ans ! Eh bien…

Ossian marqua une pause, avant de reprendre, avec une lueur de compréhension dans les yeux :

– Si je suis bien l'évolution de ta pensée, tu crois que je ne passerai pas mon existence ici et que je ne perdrai pas la vie aux mains de Cythraul, compléta-t-il.

– Exactement. Donc, tu vas sortir d'ici !

– Je l'espère ! Mais comment ? Et toi ? Vas-tu livrer tes vers d'or aux non-êtres pour acheter notre liberté ?

– Non. Je ne parlerai pas… Dans ta vision, le monde celte avait survécu. Tu as vu les Fianna, Diairmaid, la cité sacrée de Tara…

– Tu vas donc réussir ta mission ! s'emballa Ossian, dont les yeux rougis exprimaient malgré tout une certaine joie à cette idée.

– Je n'en suis pas tout à fait sûre. Arriverai-je à sauver le druidisme, ou le monde celte perdurera-t-il quelques années encore avant de s'éteindre complètement ?… Je ne peux pas le dire.

– Eh bien, moi, je veux croire en toi ! conclut l'enfant. Concentrons-nous, nous devons trouver une façon de sortir de cette maison de la Vallée des Ifs.

– Pauvre Malaen ! murmura Celtina, incapable de regarder les cendres de la tête du cheval, maintenant entièrement consumée par les flammes de l'âtre.

– Il faut sortir d'ici pour toi, pour moi, mais aussi pour lui… pour le venger! l'encouragea Ossian.

Pendant que Celtina, Ossian et Malaen étaient aux prises avec Cythraul, grâce à sa magie noire conjuguée aux pouvoirs druidiques d'Arzhel, Macha avait emmené le jeune homme à Ériu.

Régnant dorénavant en Ulaidh sous le nom de Mongruad, la sorcière avait vu ses facultés de persuasion augmenter considérablement. Les guerriers de Dithorba qui avaient survécu à la guerre qu'elle avait menée contre l'ancien roi étaient devenus ses esclaves et avaient commencé à bâtir Emain Macha, sa capitale. Elle n'avait pas non plus oublié qu'elle devait épouser Cimbaeth afin de s'assurer un pouvoir absolu sur le royaume.

Laissant la surveillance de sa forteresse aux bons soins d'Arzhel et d'Ultán, elle partit, accompagnée des guerriers d'Aed Ruad et des trois fils de Dithorba qu'elle avait capturés, pour retrouver son futur époux, demeuré au campement dans le Cavan. Elle ne perdait pas de vue que le Haut-Roi Conn les attendait à Tara. Il n'était pas question d'indisposer l'Ard Rí et, par le fait même, d'attirer son attention sur elle. Elle allait veiller à ce que les otages soient livrés comme cela était prévu et, mieux encore, que Conn officialise son mariage avec Cimbaeth.

Lorsqu'elle arriva enfin aux abords du campement qu'elle avait quitté quelques jours plus tôt, Mongruad-Macha le trouva désert. Intriguée et redoutant un guet-apens, elle déploya ses guerriers dans les bois pour y retrouver la trace de son soi-disant cousin et prochain mari. Ses hommes n'eurent pas à chercher bien longtemps. Les guerriers de Cimbaeth avaient une fois encore encerclé la clairière dans l'espoir de la prendre au piège, comme elle s'y attendait.

En son absence, délivré de sa trop imposante présence, Cimbaeth avait pris le temps de réfléchir à la situation. Il pouvait revendiquer la souveraineté d'Ulaidh pour lui seul. Pour y parvenir, il lui suffisait de se jeter sur l'armée de sa future femme et, bien entendu, de défaire cette dernière par les armes et de lui ôter la vie. Cela ne l'indisposait pas du tout, car, loin d'elle, il s'était aperçu qu'il n'avait aucune attirance pour Mongruad. Si, un instant, il avait pu succomber à ses avances, c'était sûrement parce qu'elle l'avait envoûté par la magie. Une fois Mongruad partie, il avait retrouvé son autonomie et sa libre pensée.

– Ah, le scélérat ! s'exclama Mongruad-Macha, devinant les desseins de son cousin.

Il porte bien son prénom de Brigand. J'aurais dû me méfier et laisser Ultán avec lui pour le surveiller.

Mongruad-Macha ne s'embarrassa donc pas de précautions et prononça des incantations qui firent descendre un épais voile de brouillard sur la forêt. Profitant de cet écran naturel, ses hommes contournèrent ceux de Cimbaeth, puis, sur un ordre de leur reine, ils s'abattirent sur leurs frères ulates qui ne s'attendaient pas à les voir apparaître dans leur dos.

Le combat ne dura que quelques minutes. Rapide comme le vent grâce à sa magie, Mongruad-Macha se précipita sur Cimbaeth et le captura. Le jeune homme, s'avouant vaincu et ne désirant surtout pas perdre la vie, lui tendit son épée en signe de reddition et demanda à ses hommes de l'imiter sans faire couler plus de sang. Tous obéirent.

– Je te pardonne ta rébellion, lança Mongruad-Macha, étonnamment compréhensive, à la condition que tu me promettes de ne plus jamais prendre les armes contre moi.

Cimbaeth se demanda ce que sa future épouse mijotait. Elle avait sûrement une idée derrière la tête pour se montrer si tolérante. Penaud, il jura par Hafgan de ne plus chercher à s'emparer de la royauté pour lui seul. Après avoir prêté le même serment, ses hommes furent autorisés à se mêler à ceux d'Aed Ruad et aux survivants de l'armée de Dithorba qui s'étaient déjà ralliés à Mongruad-Macha. Celle-ci ordonna ensuite de rassembler les cinq fils de Dithorba et de les envoyer à Emain Macha.

– Toi ! lança-t-elle à l'un de ses combattants. Conduis les enfants dans ma nouvelle capitale, ils y travailleront à titre d'esclaves.

– Mais…, s'étouffa Cimbaeth. Tu avais projeté de les envoyer auprès de Mebd et Aillil…

– Eh bien, j'ai changé d'idée ! lui répondit-elle en lui tournant le dos et en prenant la tête du convoi qu'elle voulait maintenant conduire le plus rapidement possible à Tara.

Encore une fois, Cimbaeth se demanda ce qu'elle manigançait. Ne pouvant toutefois imaginer aucune réponse plausible à ses interrogations, il se promit d'attendre et de laisser les choses évoluer. Il serait toujours temps d'agir lorsque les événements viendraient à se préciser.

Pour sa part, Mongruad-Macha avait une raison toute spéciale de se hâter vers Tara. Exaltée par ses succès contre les guerriers de Dithorba et de Cimbaeth, elle s'était mise en tête de défaire les Fianna qui constituaient l'armée de Conn et de faire établir la nouvelle capitale d'Ériu à Emain Macha, en Ulaidh, d'où elle pourrait exercer son pouvoir sur l'ensemble du peuple celte.

Pour réussir, elle avait besoin que les hommes qui l'accompagnaient soient sous sa totale emprise, qu'ils n'aient pas le temps de réfléchir et qu'ils acceptent de suivre jusqu'au bout celle qu'ils croyaient être Mongruad, la fille du bien-aimé roi Aed Ruad. Macha comptait sur son aura de guerrière victorieuse, nouvellement acquise par ses deux rapides succès, pour s'emparer de la cité sacrée.

Les portes de bois de la forteresse de Tara s'ouvrirent devant le cortège mené par Mongruad-Macha et Cimbaeth. Conn les accueillit avec tous les honneurs dus aux souverains d'Ulaidh, c'est-à-dire en les conviant à un grand festin où les chants, les récits épiques et les danses viendraient célébrer le courage et les exploits des hôtes de la cité sacrée.

Les femmes et les enfants otages furent envoyés vers le mont des Otages où se dressait une grande maison de bois au toit de chaume, leur nouveau lieu de résidence. Ils seraient traités avec respect, tandis que les hommes se joindraient aux défenseurs de Tara. Leur présence n'était destinée qu'à s'assurer que les rois d'Ulaidh se conformeraient aux lois d'Ériu. Les otages ne seraient pas réduits en esclavage, mais plutôt traités comme la propre famille de l'Ard Rí. D'ailleurs, les plus jeunes seraient même élevés par le Haut-Roi comme ses propres enfants.

Lorsque Mongruad-Macha et Cimbaeth se furent nettoyés de la poussière de la route, ils se hâtèrent vers la résidence royale où le festin les attendait. Conn fit asseoir Mongruad à sa droite et Cimbaeth à sa gauche, lui-même occupant la place la plus importante, c'est-à-dire au centre de la tablée. Malgré le bel accueil que le Haut-Roi fit aux nouveaux souverains, ce dernier était inquiet et ne tarda pas à interroger Mongruad sur le sort d'Aed Ruad.

Imitant le ton peiné qu'aurait dû avoir une jeune fille qui venait de perdre son père, Mongruad-Macha raconta la noyade du premier des trois corois ulates. Puis ce fut au tour de Cimbaeth de narrer ce qui était arrivé à Dithorba. Mais le jeune homme s'emmêla tant et si bien dans les faits et les mensonges que Conn finit par se douter qu'il était arrivé quelque malheur pendant le trajet. Il s'adressa en aparté* à son druide Maol.

– Cimbaeth me ment... Il faut savoir ce qu'il est véritablement arrivé à Dithorba et à ses fils.

– Bloc, Buighné et moi venons justement d'interroger les pensées du jeune roi au fur et à mesure qu'il faisait son récit, répondit Maol. Dithorba a été lâchement assassiné dans un guet-apens auquel Cimbaeth a pris part !

– Comment est-ce possible ? s'étonna Conn.

– Son esprit est sous l'emprise de la sorcière Macha la noire... C'est elle qui se cache dans le corps de Mongruad et dirige ses actes.

Voyant Maol en grande conversation avec Conn, Mongruad-Macha tenta d'entrer dans les pensées de ce dernier, mais elle se rendit compte que les trois druides avaient établi un barrage efficace entre elle, le Haut-Roi et eux. Toutefois, ce qui la surprit vraiment, ce fut de découvrir la nature féerique des trois conseillers de l'Ard Rí et de constater qu'ils étaient placés sous la protection de la déesse Brigit. Elle ne s'était pas attendue à un tel coup du sort. Ses pouvoirs de sorcière ne pouvaient rivaliser avec ceux de la fille de Dagda.

Frustrée, Macha se laissa envahir par la colère et par l'amertume. Incapable de se contrôler, elle laissa sa véritable nature apparaître aux yeux de tous. Sous le regard ébahi des convives de Tara, le corps de Mongruad s'affaissa sur son tabouret de bois et Macha en émergea dans un grand battement de ses ailes de corbeau.

– Emparez-vous d'elle ! cria Conn aux Fianna qui l'accompagnaient.

Les Fianna fermèrent prestement les lourdes portes de la résidence, mais Macha fut beaucoup trop rapide. Elle s'envola par le trou du plafond de la résidence situé juste au-dessus de l'âtre, et qui servait à évacuer la fumée. Elle fit trois tours dans le ciel autour de la maison royale, puis disparut vers le nord en croassant.

– Par Hafgan ! soupira Conn. Nous l'avons échappé belle. Il ne me restait plus qu'à lui tendre la coupe de la souveraineté pour qu'elle y trempe ses lèvres, et elle aurait ainsi accédé à la royauté en Ulaidh.

– Nous ne t'aurions pas laissé aller jusque-là, intervint Maol.

– Que fait-on de Cimbaeth ? demanda Conn en désignant le jeune roi qui était blanc comme un drap.

– À cause de sa trahison, il ne mérite pas de régner…, trancha le druide. Garde-le en otage. Je te propose de donner la souveraineté à Fergus. Il n'a pas participé au complot de Macha et de Cimbaeth. Il est du clan d'Aed Ruad et est au nombre des otages qui t'ont été livrés.

– Bien ! Qu'on aille chercher Fergus, s'exclama Conn.

Deux Fianna exécutèrent l'ordre du Haut-Roi et ramenèrent un géant blond d'une force terrible. La légende disait qu'il était aussi costaud que sept cents bœufs. Il avait un regard perçant et marchait fièrement, la tête haute. En le voyant, le Haut-Roi se dit que le choix des druides était le bon.

Conn tendit la coupe de la souveraineté à Fergus. Ce dernier hésita un bref instant, puis, conscient de l'honneur qui lui était fait, le géant plongea ses lèvres dans le calice d'étain. Aussitôt, des cris et des vivats éclatèrent dans la maison royale. Les bardes firent entendre harpes, flûtes, cornemuses, carnyx et bodhràn, une sorte de tambourin en peau de chèvre frappé avec une baguette.

Les druides s'employèrent ensuite à officialiser les pouvoirs du nouveau roi d'Ulaidh, mais ils ne prirent pas garde à une femme du nom de Nessa, que Fergus désirait épouser. S'ils avaient lu les pensées de cette femme, la suite des événements aurait pu être différente.

Chapitre 8

Aussitôt après avoir été désigné roi d'Ulaidh, Fergus s'empressa de demander à Nessa de devenir sa compagne. La femme jouissait d'une certaine renommée au sein de son clan, puisque, pendant plusieurs années, elle avait été la compagne du druide Cathbad, décédé lors du guet-apens tendu par Mongruad-Macha aux hommes d'Aed Ruad.

Aussitôt après la mort de son premier mari, plusieurs prétendants s'étaient manifestés, mais elle avait affirmé vouloir prendre son temps avant de choisir un nouvel époux. Toutefois, Nessa était une ambitieuse, et si elle avait évincé ceux qui s'étaient présentés à elle, c'était parce qu'elle avait une petite idée derrière la tête. La toute nouvelle royauté qui avait échu à Fergus constituait une puissante incitation, et elle accepta avec empressement la demande du roi, en y mettant cependant une condition. Fergus ne pouvait le deviner, mais il n'allait pas tarder à faire les frais de la grande soif de pouvoir de sa compagne.

– Je n'accepterai d'être ta femme que si tu me fais une promesse, lança-t-elle au roi, alors que celui-ci était en train de vider sa quatrième ou cinquième coupe d'hydromel en compagnie de ses amis et qu'il commençait à avoir les idées passablement embrouillées.

– Si cette condition est raisonnable, et si ce que tu demandes est en mon pouvoir, j'accepterai avec joie ! répliqua Fergus.

Il était très amoureux de cette beauté aux longs cheveux noirs, entretenus avec soin, jamais teints en rouge malgré la mode celtique. Et dans l'état où il se trouvait, il aurait accepté n'importe quoi sans réfléchir plus longtemps.

– Il te sera facile d'exaucer mon vœu, le rassura-t-elle en déposant sa main fine sur l'épaule droite du fier guerrier. Mais je préfère formuler ma demande lorsque nous serons de retour chez nous, en Ulaidh. Pour le moment, profite des festivités entourant ta nomination royale, amuse-toi. Il sera toujours temps de discuter plus tard.

Le roi, emporté par la fête, ne fit aucune objection et savoura le festin offert par l'Ard Rí dans Míodhchuarta, l'immense salle des banquets de Tara.

Quelques jours plus tard, au terme des célébrations, le nouveau roi d'Ulaidh, sa future femme et leur troupe reprirent le chemin les ramenant chez eux, au nord d'Ériu.

– Nous devrions nous établir à Emain Macha, proposa Nessa, tandis qu'ils approchaient de la forteresse qu'avait entrepris de construire Mongruad-Macha. Cette cité est beaucoup plus près de Tara que notre ancien lieu de résidence. Elle est au cœur d'Ulaidh, et il sera plus facile pour toi de défendre nos frontières à partir de là en envoyant tes guerriers dans toutes les directions…

Fergus approuva sans réserve l'idée de sa future épouse, puisqu'il avait eu la même.

Lorsqu'ils franchirent les remparts de la forteresse, ils découvrirent que les esclaves et les bâtisseurs de la nouvelle capitale n'avaient pas perdu leur temps. La construction avait avancé à grands pas en leur absence ; la maison royale et celle des druides étaient les premières demeures terminées et pouvaient même déjà être habitées, tandis que les autres bâtiments commençaient à sortir de terre. Les Ulates s'installèrent donc le mieux possible dans leur nouvelle cité.

Le soir venu, au coin du feu, Nessa vint rappeler à Fergus qu'il était temps d'honorer la promesse qu'il lui avait faite. Elle n'accepterait de l'épouser qu'à la condition qu'il exauce son vœu.

– Je te l'ai déjà dit, si j'ai le pouvoir de faire quelque chose qui te rende heureuse, ce sera avec grand plaisir, lui répondit Fergus en lui tendant un morceau de porc qu'il venait de faire cuire sur les braises.

– Tu en as parfaitement le pouvoir ! répliqua Nessa en grignotant la viande. Tout ce que je te demande, c'est de laisser mon fils Conchobar régner à ta place en Ulaidh pendant un an…

Fergus faillit s'étouffer et il se tourna vers Nessa, ébahi. Il s'était attendu à tout, même aux demandes les plus farfelues, mais celle-ci dépassait tout ce qu'il avait pu imaginer. Il demeura sans voix un instant.

La naissance de Conchobar était entourée de tant de magie que Fergus avait toujours considéré le jeune homme avec beaucoup de suspicion et de crainte, même si c'était un très bon guerrier, loyal et brave. Fergus n'oubliait pas que, dans sa jeunesse, Nessa avait été victime d'une agression menée par son premier époux. Le druide Cathbad avait tué les douze gardes qui veillaient sur elle et, malgré l'intervention du père de la jeune fille, il l'avait obligée, par magie, à l'épouser.

Pendant leur nuit de noces, Cathbad avait demandé à son épouse de lui ramener de l'eau pure puisée dans la rivière Conchobar qui coulait au pied de sa résidence druidique. En voyant que deux vers flottaient dans le cratère qu'elle lui tendit, il l'avait obligée à boire cette eau souillée pour la punir de n'avoir pas fait attention. Tremblante devant le pouvoir immense du druide que tous les Ulates redoutaient, Nessa avait avalé les vers qui s'étaient aussitôt transformés en embryon dans son corps. Quelques semaines plus tard, constatant que sa femme était enceinte, Cathbad était entré dans une grande fureur. Il refusait de croire à cette histoire de vers transformés en fœtus. Mais, lorsque Nessa avait accouché, il avait dû se rendre à l'évidence: elle ne l'avait pas trompé, car l'enfant tenait dans ses mains les deux vers avalés par sa mère. Celle-ci avait aussitôt donné au nouveau-né le nom de la rivière dans laquelle elle s'était désaltérée: Conchobar.

Pour Fergus, c'était la preuve irréfutable qu'un dieu des Tribus de Dana était intervenu dans l'existence de Nessa sous la forme des vers. Il était convaincu que Conchobar était un demi-dieu. Pour sa part, il croyait encore aux immenses pouvoirs des Thuatha Dé Danann et ne voulait pas commencer son règne en les contrariant, car il savait qu'ils avaient la faculté de rendre sa terre stérile. La crainte l'envahit. Il songea que Nessa et Conchobar avaient les capacités de le chasser et de prendre sa place sans son accord; s'ils ne l'avaient pas encore fait, c'était sans doute pour ne pas se mettre le peuple à dos. Les dieux étaient rusés.

Un an, c'est vite passé, se dit-il. *Conchobar m'en sera reconnaissant toute sa vie et, grâce à lui, je pourrai ensuite gouverner en paix, sans me soucier des interventions malfaisantes des dieux. Au contraire, si je refuse, il pourrait m'arriver malheur et les Ulates pourraient pâtir de ma décision. Je n'ai pas le choix. Je dois lui accorder ce vœu.*

Pendant que Fergus réfléchissait, Nessa n'avait cessé de lui adresser ses plus beaux sourires, de faire papilloter ses longs cils, de soupirer comme si elle se languissait d'amour. Le roi n'était pas dupe. Pourtant, il ne pouvait se résoudre à renoncer à épouser Nessa. Elle l'avait envoûté par sa beauté et son charme.

– J'accepte ! lança-t-il très vite comme s'il craignait de changer d'idée.

Nessa se jeta à son cou et lui manifesta toute son affection, ce qui n'était pas non plus un geste très commun parmi les Gaëls. Il l'enlaça et tenta d'oublier entre ses bras qu'il venait de renoncer à sa royauté nouvellement acquise.

Lorsque, au petit matin, les Ulates d'Emain Macha se réveillèrent, ils eurent la surprise d'apprendre que Fergus était parti. Pour échapper à la honte que lui inspirait son propre comportement et surtout pour éviter les remontrances que son peuple ne manquerait pas de lui adresser à cause de sa faiblesse, le roi déchu avait choisi de s'exiler au Connachta avec une centaine de guerriers. Pour un an, il laissait le royaume entre les mains de Conchobar. Il était furieux contre lui-même, mais surtout honteux de s'être laissé manipuler aussi facilement par Nessa.

Au nombre des guerriers qui avaient suivi Fergus, les Ulates furent attristés de découvrir que figuraient quelques-uns de leurs meilleurs hommes. Entre autres, Cormac Conlongas, le propre fils de Conchobar.

Heureusement, Cuchulainn, Connall Cernach, Loégairé et les Chevaliers de la Branche Rouge étaient restés fidèlement aux côtés du nouveau roi. Le nom de Branche Rouge provenait de celui de deux des trois résidences royales d'Ulaidh, celles où les têtes sanguinolentes des ennemis et autres trophées de guerre étaient exposés.

Parmi ceux qui étaient restés se trouvait Arzhel qui, depuis son arrivée à Ériu, avait participé aux travaux de construction d'Emain Macha. En effet, le jeune apprenti druide, n'ayant pas vu revenir Macha, avait interrogé un des hommes qui avaient accompagné Mongruad et Cimbaeth à Tara. Ce dernier lui avait révélé que Conn avait choisi de transmettre la coupe de la souveraineté à Fergus. Il lui raconta aussi qu'un corbeau s'était échappé du corps de Mongruad et s'était envolé dans les cieux en lançant des cris déchirants. Comprenant aussitôt que Macha avait été démasquée et s'était enfuie, Arzhel avait jugé préférable de se lier d'amitié avec les Chevaliers de la Branche Rouge, histoire de bénéficier de leur protection.

Au Connachta, même si Aillil et Mebd gouvernaient ensemble, la reine avait un caractère plus fort, plus énergique, plus décidé que celui de son époux. Dans la maison royale et dans la réalité, c'était elle qui portait les braies. Mebd était puissante, c'était une farouche guerrière et elle ne connaissait d'autre loi que celle que sa volonté sauvage imposait.

Elle était aussi d'une beauté redoutable à laquelle peu de guerriers savaient résister. Elle était grande, élancée, avait un teint pâle et une longue et épaisse chevelure blonde comme les blés.

Lorsque Fergus arriva avec sa troupe, aussitôt la reine le reçut dans sa forteresse de Cruachan… et lui accorda son amour et l'aide qu'il demandait. Ils se mirent à échafauder des plans pour permettre à Fergus de reprendre son royaume avant que l'année soit écoulée et de défaire les armées de Conchobar. L'ancien roi d'Ulaidh entra ainsi au service de Mebd et d'Aillil, et les hommes qui l'avaient suivi formèrent un escadron de guerriers ulates au sein même de l'armée du Connachta. La situation était pour le moins irréelle, car, depuis la dispute entre Éber et Érémon, l'Ulaidh et le Connachta étaient ennemis.

Heureusement, la paix régnait depuis quelque temps, et plusieurs semaines passèrent sans que rien ne vînt la troubler.

À Emain Macha, Cuchulainn, Connall Cernach et Loégairé s'entraînaient avec les meilleurs hommes d'Ulaidh, tandis qu'Arzhel profitait de l'enseignement des druides du royaume, auxquels il s'était joint. Il se rendit vite compte qu'en Ulaidh tous étaient fiers de pouvoir compter Cuchulainn dans leurs rangs, car sa légende était grande dans Ériu tout entière.

La naissance et l'enfance du héros constituaient le cœur des récits des mères de l'île Verte. On racontait que son père n'était nul autre que Lug, le dieu de la Lumière. Sa mère, Dechtiré, était la sœur du roi Conchobar, et la fille de Maga, elle-même fille de Mac Oc des Tribus de Dana. Bref, dans les veines de Cuchulainn coulaient à la fois le sang des Gaëls et celui des dieux.

Peu après sa naissance, l'enfant avait été déposé dans une hutte par ses parents, Lug et Dechtiré, et offert en cadeau aux Gaëls d'Ulaidh par les Tribus de Dana. C'était une façon pour les dieux de conclure un pacte de paix avec les Ulates. Ce fut la demi-sœur de Dechtiré, Findchoem la Blanche Douce, qui éleva le garçon et l'appela Setanta, c'est-à-dire « le Chemin ». Pour père adoptif, on lui désigna Sualtam, dont le nom signifiait « le Nourricier ». On lui donna un vaste territoire appelé la « plaine de Muirthemné ». Le druide Morann fit aussi une incroyable prophétie à propos de l'enfant :

– On chantera les louanges de ce garçon partout dans Ériu. Les guerriers s'inclineront devant lui, et tous, du conducteur de char au roi, raconteront ses hauts faits. Cet enfant attirera le respect et l'amour de tous.

Quand il fut en âge d'être instruit, c'est-à-dire lorsqu'il eut cinq ans, il se produisit un événement qui allait lui donner son nom de Cuchulainn et qui resterait à jamais gravé dans la mémoire des Gaëls d'Ériu, et même dans celle de tous les Celtes.

Un jour qu'il avait été invité avec sa noble famille à des festivités chez le forgeron Culann, dans la région de Cúailnge, à la frontière du Laighean, Setanta enjoignit à ses parents adoptifs de partir sans lui. Il était en train de disputer une rude partie de hurling et ne voulait pas quitter ses partenaires au risque de les faire perdre.

– J'irai vous rejoindre plus tard, ne vous inquiétez pas pour moi ! leur cria-t-il, sans interrompre sa course derrière le sliothar qui venait de passer à sa portée.

Ainsi fut fait. Les invités arrivèrent chez le forgeron à la nuit tombée. Ils furent reçus avec honneur et le festin fut à la hauteur de la noble compagnie. Pendant que ses hôtes s'amusaient, Culann fit lâcher son chien dans l'enceinte de sa demeure. Il agissait ainsi tous les soirs, car il redoutait une attaque surprise d'un clan ennemi. Son chien était un redoutable molosse, énorme et féroce, qui assurait la protection de sa résidence isolée dans les bois. L'animal pouvait résister à lui seul à toute une armée, et Culann se sentait tout à fait en sécurité lorsque la bête était en liberté.

À l'intérieur de la résidence, tous avaient oublié Setanta, et personne n'avait prévenu Culann de l'arrivée tardive de l'enfant. Alors que la fête battait son plein, de terribles aboiements et grondements retentirent, semant la panique parmi les invités.

Le chien de Culann, voyant un inconnu approcher de la maison de son maître, s'était élancé pour défendre son territoire. Des hurlements vinrent bientôt se mêler aux aboiements.

– Par Hafgan ! hurla Sualtam, le père adoptif du garçon, en réalisant tout à coup ce qui se passait aux palissades.

Les invités et le forgeron se précipitèrent vers le portail, mais ils restèrent figés de stupeur en découvrant le jeune garçon couvert de sang et le molosse étendu à ses pieds, mort.

– Quand le chien s'est jeté sur moi, je n'ai pas eu d'autre choix que de le saisir à la gorge et de le jeter violemment contre la porte, ce qui l'a tué sur le coup. Je suis désolé, fit l'enfant en essuyant un peu de bave qui maculait ses vêtements.

Aussitôt, on fit entrer le garçonnet dans l'enceinte, et ses parents adoptifs le couvrirent de baisers et d'accolades. Les invités riaient et se réjouissaient de le retrouver sain et sauf. Pour sa part, le forgeron avait la mine basse. Penché sur le corps de son chien, il pleurait à chaudes larmes. Cet animal était son plus fidèle ami, son protecteur qui l'avait suivi et défendu pendant plusieurs années au cours de guerres contre d'autres clans et même contre les Tribus de Dana, lorsque les Gaëls avaient chassé celles-ci de la surface d'Ériu.

– Mon compagnon est mort en faisant son devoir, il a tenté de défendre ma maison, mais il ne pourra plus jamais la protéger…, dit le forgeron à travers ses sanglots.

– Donne-moi un chiot de la lignée de ton chien, répondit alors l'enfant. Et je te jure que je l'élèverai de telle façon qu'il sera encore plus redoutable que son père. D'ici là, c'est moi qui assurerai la défense de ton domaine. Prête-moi un bouclier, une lance et une épée, et tu verras que je garderai mieux cette maison qu'aucun molosse ne saurait le faire.

Culann accepta la proposition et, pour commémorer ce moment extraordinaire, Setanta changea de nom. Pour tous, il devint Cuchulainn, c'est-à-dire le Chien de Culann.

Chapitre 9

Pour fêter l'arrivée au pouvoir de son ami Conchobar en Ulaidh, Bricriu à la Langue empoisonnée, l'un des nobles du pays, mais surtout l'un des plus grands fauteurs de troubles, eut l'idée d'organiser un grand festin auquel il convia tous les héros du royaume. Il avait déjà tenu de telles agapes dans le passé, et tous savaient que sa table serait bien garnie en venaison et en boissons diverses.

Bricriu était toutefois un être retors* qui se plaisait à susciter des querelles entre les hommes, sans jamais y participer lui-même physiquement. Non, il préférait observer tout cela de loin. Bien qu'il fût un très bon guerrier, il avait cependant un grand défaut: celui de médire*, de semer la discorde et surtout de nuire à ses ennemis comme à ses amis. Pour marquer à sa manière l'arrivée au pouvoir de Conchobar, il s'était juré de déclencher une zizanie terrible entre les héros d'Ulaidh. Une bataille dont les annales* se souviendraient à jamais.

Sa forteresse de Dún Rudraigé était sans aucun doute la plus belle d'Ulaidh. Elle rivalisait même, par son luxe et ses ornements, avec le palais royal d'Emain Macha, dont la construction venait tout juste de s'achever. L'aménagement de sa salle de réception rappelait Míodhchuarta, la salle des banquets de Tara, par sa longueur et ses piliers de soutien. Ses murs étaient couverts d'or, d'argent et de pierres précieuses rares. Au-dessus de cette salle, Bricriu avait fait aménager une pièce qui lui servait d'observatoire, d'où il pouvait espionner ses invités. Ce jour-là, en faisant le tour de sa propriété pour s'assurer que rien ne manquait, il se réjouissait à l'avance de la querelle qu'il entendait provoquer.

Le lendemain, il se rendit à Emain Macha pour convier le roi, ses héros, ses nobles, ses guerriers et leurs compagnes. Aussitôt l'invitation transmise, une bruyante discussion divisa les nobles d'Ulaidh. Certains étaient favorables à l'idée de se rendre à Dún Rudraigé, tandis que d'autres, méfiants, préféraient éviter la compagnie du fauteur de troubles. Et puis, il y avait aussi la question des exilés, et notamment de Fergus. Seraient-ils ou non conviés à la fête? Leur présence n'était-elle pas susceptible de créer des conflits entre les partisans de Fergus et ceux de Conchobar?

– Il vaut mieux s'abstenir d'accepter cette invitation, conseilla le vieil Amorgen au roi Conchobar. La réputation de Bricriu n'est plus à faire. Je crains qu'il ne provoque des batailles entre nous, et cela pourrait mal se terminer. Les survivants pourraient être moins nombreux que les morts.

À ces propos, le visage de Bricriu s'empourpra de colère.

– Si vous n'acceptez pas de venir chez moi… je vous ferai subir un sort pire encore! menaça-t-il.

– Et quel est ce mauvais sort dont tu menaces ton roi? tonna Conchobar qui ne voulait pas se laisser ainsi insulter, même par l'un de ses amis.

– Les querelles que je déclencherai entre les rois, les chefs, les héros et les nobles seront telles que tous s'entretueront! tempêta Bricriu en postillonnant.

– Allons, calme-toi! reprit Conchobar. Nous ne nous battrons pas à cause de toi. Tout le monde te connaît et personne ne s'emportera par ta faute.

– Eh bien, c'est ce que nous verrons! fulmina Bricriu. Je vous l'affirme: si vous ne venez pas à mon festin, la querelle éclatera entre les pères et les fils, les mères et les filles se déchireront. Les mamelles des femelles de chaque espèce s'affaisseront et il n'en sortira plus que pourriture.

En entendant cela, Conchobar et ses principaux conseillers restèrent muets de stupeur. Une telle incantation magique ne pouvait être balayée du revers de la main. Ceux à qui elle s'adressait ne pouvaient passer outre. À cause de cette geis, il leur était dorénavant impossible de ne pas se rendre à Dún Rudraigé, sous peine d'apporter le malheur en Ulaidh.

– Il faut que nous en discutions, laissa tomber Conchobar, abasourdi, tandis que Bricriu, fier de lui, sortait de la maison royale en arborant un sourire rayonnant.

Conchobar, Amorgen, le sage Sencha MacAilella, le druide-médecin Fingen et les nobles se concertèrent à voix basse.

– Il vaudrait mieux se rendre à ce festin, soupira Conchobar.

– Tu as raison, confirma Sencha MacAilella. Après une geis aussi terrible, nous ne pouvons pas refuser.

– Nous sommes obligés d'accepter l'invitation de Bricriu, mais il faut prendre des mesures pour nous protéger de sa langue empoisonnée, intervint Fingen. Je suggère que quatre hommes armés l'accompagnent en tout lieu où il se rendra pendant que nous serons réunis chez lui. Il ne doit pas être en mesure de susurrer ses méchancetés à l'oreille de nos guerriers. Il ne faudra pas le perdre de vue une seule seconde. Les gardes veilleront sur sa bonne conduite et répondront de leur vie s'ils le laissent provoquer une querelle entre les hommes.

L'avis de Fingen reçut l'approbation de tous. Lorsqu'un messager lui apporta la réponse et les conditions de Conchobar, Bricriu se déclara satisfait et quitta la forteresse Emain Macha, apparemment pour se consacrer aux préparatifs de la fête. Toutefois, plongé dans de profondes réflexions, il prit plutôt la direction du terrain d'entraînement où les Chevaliers de la Branche Rouge avaient l'habitude de s'exercer.

Comment vais-je m'y prendre pour déclencher des querelles? se demanda-t-il en empruntant un sentier qui contournait un grand bois et un long champ où des paysans étaient à l'œuvre. *Je dois m'arranger pour que les quatre hommes armés qui vont me suivre comme une ombre ne puissent m'accuser.*

Tout le long du chemin, son esprit tortueux imagina des plans aussi fourbes les uns que les autres. Ce fut en arrivant au terrain d'entraînement qu'il trouva la solution. En fait, ce fut presque la solution qui le trouva, car le premier homme qu'il aperçut fut Loégairé, l'un des héros d'Ulaidh, qui quittait les lieux.

– Salut, Loégairé le Victorieux, l'interpella Bricriu tout en faisant demi-tour pour cheminer à ses côtés. Je suis heureux de te revoir, toi qui frappes si vaillamment sur les champs de bataille, toi qui combats avec la fougue de mille guerriers, toi, l'ours au regard de feu, le plus grand des guerriers d'Ulaidh.

Il marqua une courte pause, puis reprit, comme si une idée venait tout juste de lui traverser l'esprit:

– Tiens, mais j'y pense, c'est étrange que ce ne soit pas toi qui aies droit au morceau du héros dans les festins.

– Si on m'offrait la plus belle part du festin, sois sans crainte, je l'accepterais volontiers, s'amusa Loégairé.

– Eh bien, si tu suis mon conseil, c'est à toi que sera attribué cet honneur lors du festin auquel je te convie, reprit Bricriu avec un petit sourire de malice. Si tu obtiens le morceau du héros dans ma maison, eh bien, personne ne pourra jamais plus te le disputer, que ce soit à Emain Macha ou même à Tara, poursuivit sournoisement le fauteur de troubles.

– Que dois-je faire pour cela ? l'interrogea Loégairé, pleinement convaincu de mériter largement la plus belle part du festin.

– Viens, asseyons-nous sous cet arbre pour discuter, fit Bricriu en tirant Loégairé à l'ombre d'un grand chêne qui saurait les dissimuler à la vue d'éventuels flâneurs.

Loégairé se laissa conduire et s'installa confortablement sur son manteau, en prêtant une oreille attentive aux conseils du tentateur.

– Dans ma maison se trouve une cuve qui peut contenir trois héros d'Ulaidh, même après avoir été remplie d'hydromel. J'ai un cochon de sept ans qui a toujours été nourri de lait doux au printemps, de lait frais en été, de lait caillé, de noix et de froment en automne, de viande et de ragoût de faînes en hiver. J'ai aussi une vache de sept ans qui n'a jamais brouté autre chose que de la belle herbe verte et croquante. J'ai également cent pains de froment bien cuits au miel et de la belle farine de blé... Voici la part du héros qui te sera accordée chez moi.

À l'énumération de toutes ces offrandes à venir, les yeux de Loégairé s'étaient mis à briller de convoitise.

– Oui, mais que dois-je faire pour mériter tout cela ? demanda-t-il de nouveau, car il craignait que Bricriu ne lui imposât un acte qu'il répugnerait à commettre.

– Rien ! répondit Langue empoisonnée. Tu es le plus valeureux des guerriers d'Ériu et tu mérites cet honneur. Il te suffira de dire à ton cocher de se lever au moment où mon festin sera servi, et mes esclaves t'apporteront le morceau du héros.

Loégairé opina de la tête. Cela lui semblait fort simple et il acquiesça. Bricriu se leva, le salua en lui recommandant bien de garder le silence sur les propos qu'ils avaient échangés, puis retourna vers le champ d'exercice. Une fois les palissades du terrain franchies, il se fit indiquer l'endroit où se trouvait Connall Cernach.

– Salut à toi, Connall le Triomphateur, lança-t-il au jeune homme qui s'entraînait au maniement de l'épée avec l'un de ses compagnons d'armes. Tu es sans aucun doute le roi du triomphe et de la victoire. Tes combats sont connus dans tout le pays et beaucoup plus célébrés par les filidh que ceux de tous les autres héros. Tu es toujours à l'avant-poste dans les batailles et tu marches au dernier rang pour protéger tes amis au retour. Pour atteindre tes amis, tes ennemis devront d'abord te passer sur le corps. Je ne comprends pas pourquoi un homme tel que toi ne peut avoir le morceau du héros à chaque festin à Emain Macha… et même à Tara.

À force de flatter l'orgueil de Connall Cernach, Bricriu réussit à le convaincre qu'il méritait bien la part qu'il lui réservait dans sa propre maison. Il lui en fit la même description qu'à Loégairé, et le jeune guerrier, rempli de fierté, accepta que son cocher se lève au début du festin pour réclamer la meilleure part en son nom.

Tout content de lui, Bricriu prit congé de Connall Cernach et se mit à la recherche de Cuchulainn. Il le trouva en bordure du champ d'exercice, assis sur une pierre, entouré d'Arzhel et de plusieurs jeunes chevaliers à qui il racontait comment il avait perdu un œil alors qu'il apprenait les techniques du combat au Gae Bolga, le javelot-foudre, auprès de Scatach la guerrière, en laquelle l'apprenti druide reconnut Macha la noire.

– Bonjour, Cuchulainn, l'interrompit Bricriu. Toi, le plus grand vainqueur que le monde ait porté, toi, le plus aimé de toutes les femmes d'Ériu, toi, le Chien de Culann, le protecteur des Ulates, tu es sans aucun doute le plus grand héros qui foulera jamais cette terre. Tous célèbrent ton nom, ton courage et tes exploits, tes ennemis comme tes amis… Ah, pourquoi laisserais-tu un autre guerrier se repaître du morceau du héros, alors que personne n'en est plus digne que toi ?

– Par Hafgan ! s'emporta Cuchulainn. Il se retrouverait vite sans tête sur les épaules, celui qui oserait me contester la part du héros…

Les jeunes Ulates qui avaient écouté un peu plus tôt le récit de ses aventures éclatèrent de rire. Mais Bricriu leur fit signe de s'éloigner, avant d'ajouter sur un ton persifleur :

– Voilà qui est digne d'un guerrier tel que toi, je ne m'attendais pas à moins ! J'espère que tu honoreras ma maison de ta présence à mon festin…

– Je n'y manquerai pas ! répondit Cuchulainn.

Bricriu dissimula rapidement le sourire pervers qui était sur le point d'étirer les commissures de ses lèvres. Il avait suffisamment excité l'orgueil de Cuchulainn. Son entreprise était en bonne voie de réussite. Il regagna rapidement sa forteresse pour terminer ses préparatifs.

Après s'être un peu éloigné, Arzhel, pour sa part, s'était projeté dans l'esprit du fauteur de troubles et était parvenu à lire ses intentions sournoises. Il se demanda un instant s'il devait mettre Cuchulainn en garde, mais son esprit tourmenté lui suggéra plutôt de laisser les événements se dérouler sans son intervention. Il avait même très hâte de voir ce qui allait se passer à Dún Rudraigé. *Ça risque d'être intéressant*, songea-t-il avec un brin de malice.

Quelques jours plus tard, la forteresse de Dún Rudraigé entra en ébullition alors que les héros, les nobles, les guerriers, les chefs de tribus et de clans, le roi Conchobar, leurs femmes et leurs serviteurs s'y entassaient pour le festin promis par Bricriu. Chacun s'installa dans la grande salle des banquets, qui sur un billot de bois, qui sur une couche de paille, tandis que d'autres préféraient s'asseoir sur des bancs de pierre agrémentés de coussins ou encore sur des lits rembourrés à la mode romaine. Bricriu avait fait aménager la salle pour satisfaire les goûts de chacun.

Les musiciens entrèrent en scène, tandis que les bardes, avant de déclamer leurs épopées sur un ton enflammé, peaufinaient à voix basse la récitation des exploits de chacun. Quand les Ulates furent assurés que tout le monde était à l'intérieur de la grande salle, Conchobar demanda à Bricriu de quitter la pièce, car ce dernier ne devait pouvoir parler à aucun homme en privé. Les quatre gardes armés furent désignés ; parmi eux se trouvait Arzhel.

Ils se levèrent et escortèrent Bricriu vers la pièce qu'il s'était réservée. Mais tout juste avant que les lourdes portes de la salle des banquets ne se referment sur lui, il eut le temps de crier :

– Nobles Ulates, sachez que, dans ma maison, le morceau du héros n'est pas une part famélique*. Il est digne de celui qui l'obtiendra. Donc, donnez-le à celui que vous jugerez le meilleur d'entre vous !

Puis, sourire aux lèvres, il se hâta vers la pièce d'où il allait pouvoir surveiller ses invités. Il était à peine installé sur son lit de table importé de la Gaule Narbonnaise qu'il entendit distinctement Sodlang, le cocher de Loégairé :

– Ulates, je réclame la part du héros pour Loégairé le Victorieux. Personne, en Ulaidh, n'a coupé autant de têtes que lui.

Ses derniers mots furent enterrés sous le bruit de timbales renversées, d'épées que l'on sortait des fourreaux et de vociférations. Finalement, à travers le brouhaha, Bricriu reconnut la voix d'Id, le cocher de Connall Cernach :

– C'est à Connall le Triomphateur que revient la part du héros. Il n'a pas son égal parmi les héros d'Ulaidh. Personne n'a remporté autant de combats que lui.

En entendant cela, Loeg, cocher de Cuchulainn, bondit en brandissant son arme :

– Ulates, seul Cuchulainn mérite le morceau du héros. Honte à vous si vous ne le reconnaissez pas comme le meilleur de tous.

– Mensonges ! hurlèrent en chœur Loégairé et Connall Cernach.

Cette fois, les trois chevaliers et leurs partisans respectifs se retrouvèrent debout, se dévisageant d'un air hostile. Les boucliers, les épées, les javelots furent dressés. Bientôt, la forteresse vibra des cris des Ulates et des coups portés aux uns et aux autres.

Impuissants, Conchobar et Fergus l'Exilé, qui avait finalement accepté l'invitation, tentèrent de se faire entendre par-dessus le brouhaha. Peine perdue. Ils étaient eux-mêmes furieux de voir Loégairé et Connall Cernach se liguer pour s'en prendre à deux contre un à Cuchulainn, mais personne n'osait s'interposer entre les héros, car tous craignaient de prendre un mauvais coup. Le sage Sencha MacAilella exhorta alors les deux rois, le nouveau et l'ancien, à intervenir. Ils échangèrent un regard, puis, se comprenant sans avoir à échanger une parole, ils bondirent entre les trois belligérants. Aussitôt, les armes s'abaissèrent.

– Que suggères-tu pour trancher la question, Sencha MacAilella ? demanda Conchobar à son sage conseiller.

– Quel que soit mon avis, accepterez-vous de vous y conformer ? fit le sage en s'adressant aux trois héros.

– Nous l'accepterons, jurèrent Loégairé, Connall Cernach et Cuchulainn.

– Ce soir, la part du héros sera partagée entre tous les convives présents dans cette salle, poursuivit le sage. Pour l'avenir, il faudra soumettre la question à l'arbitrage d'Aillil et de Mebd du Connachta.

Un brouhaha agita les invités, car plusieurs jugeaient que les noms honnis de leurs ennemis n'avaient pas leur place au cours de cette fête, mais le sage poursuivit sa harangue* sans se laisser distraire :

– Il sera impossible aux Ulates de choisir entre vous trois. Il vaut mieux demander à nos ennemis de trancher. Ils seront plus à même d'évaluer les prouesses de chacun. Et maintenant, trêve de discussion, profitons du festin de Bricriu.

– Voilà une sage décision ! répondirent les trois héros qui rengainèrent prestement leurs épées avant de reprendre leur place à table et de faire honneur aux victuailles qui l'encombraient.

Dans sa pièce au-dessus de la salle des banquets, Bricriu bouillait de rage. Le calme était revenu, et cela était bien loin de le satisfaire. Arzhel, pour sa part, était admiratif devant la fourberie du seigneur. En s'insinuant dans l'esprit de ce dernier, il avait accès à tous les plans tortueux que l'homme concoctait.

Je dois trouver autre chose, songeait justement Langue empoisonnée. *Ah, ah, mais oui, peut-être aurais-je plus de chance en provoquant les compagnes des héros!* ajouta-t-il en voyant Fedelm, la femme de Loégairé, sortir de la salle pour prendre l'air.

Il se hâta d'aller retrouver la femme qui déambulait dans la cour, son escorte sur les talons. Les hommes armés qui devaient le surveiller hésitèrent un instant.

– Nous n'avons pas à intervenir, leur lança Arzhel, qui voulait voir jusqu'où l'esprit retors de Bricriu pouvait le pousser. Fingen a simplement dit qu'il ne pouvait s'adresser aux hommes d'Ulaidh. À aucun moment, il n'a été question des femmes.

Les autres gardes opinèrent de la tête. Ils n'avaient aucun argument à opposer à cette logique.

– Bonjour, Fedelm, disait déjà Bricriu. J'espère que tout se passe bien pour toi et que mon festin te satisfait.

La femme de Loégairé se retourna pour faire face à son hôte. Elle le remercia pour ce repas digne des Ulates.

– Ah, je te reconnais bien là, poursuivit Bricriu. Tu mérites amplement ton surnom de Fedelm aux Neuf Cœurs. Tu es douce, gentille et humble. Ta beauté est aussi remarquable. Tu es digne de ton époux, le Victorieux.

Fedelm sourit à ces paroles qui étaient douces à son oreille.

– Aucune femme plus que toi ne mérite la place d'honneur à Tara, poursuivit Langue empoisonnée. Et, je te le dis, si tu entres en premier dans ma maison, alors tous se retourneront sur ton passage et reconnaîtront que tu mérites bien cette place dans tous les festins qui se dérouleront à Ériu.

Fedelm esquissa un sourire et un certain trouble envahit ses pensées. Elle monta néanmoins dans son char pour effectuer sa promenade dans la campagne et sortit de l'enceinte de la forteresse. Au même instant, Lendabair, la femme de Connall Cernach, et ses amies sortirent à leur tour de la maison. Bricriu s'avança aussitôt dans leur direction, tandis que Lendabair se hissait dans son char.

– Bonsoir, Lendabair la Favorite. Tu es vraiment digne de ton surnom ce soir. Tu es magnifique. Les hommes du monde entier ne peuvent que célébrer ta beauté. Autant ton mari surpasse tous les guerriers par sa bravoure, autant toi, tu surclasses toutes les femmes par ton élégance et ton intelligence. Je le dis sans détour : à la cour de l'Ard Rí, c'est à toi que doit revenir la place d'honneur.

Lendabair fronça les sourcils et fit semblant de ne pas écouter les paroles de Bricriu. Néanmoins, le tentateur savait qu'il avait su capter son attention, et il ajouta, tandis que Lendabair, suivie des chars de ses amies, s'éloignait :

– Si tu reviens la première dans ma maison, tous reconnaîtront que tu es la femme la plus belle et la plus digne d'éloges d'Ériu, et tu obtiendras dorénavant la place d'honneur à Tara.

La porte de la maison de Bricriu s'ouvrit de nouveau, et ce dernier vit venir Émer, l'épouse de Cuchulainn, et quelques-unes de ses compagnes. Elles montèrent rapidement dans leurs chars.

– Émer à la Belle Chevelure, l'interpella-t-il en courant vers elle et en retenant son véhicule par les rênes de son attelage avant qu'elle ne se soit trop éloignée. Quel honneur de te voir dans ma maison ! Cuchulainn est le plus heureux des hommes de t'avoir pour épouse. Les rois et les nobles se sont disputé l'honneur de t'avoir pour femme, mais tu as choisi le meilleur de tous les hommes, le plus valeureux et courageux de tous. Ta beauté, ta jeunesse, ta distinction, l'éclat de ta peau, ton éloquence, ton immense savoir éclipsent toutes les qualités des autres femmes. Tu mérites bien la place d'honneur à Tara. Je te le dis : si tu reviens la première dans ma maison, plus personne ne pourra contester que tu es la reine d'Ériu.

Émer haussa les épaules. Elle se méfiait des paroles de Bricriu. Néanmoins, au fond d'elle, elle reconnaissait que Langue empoisonnée avait parfaitement raison : elle était la plus digne de toutes. Elle se détourna de l'homme et fit faire demi-tour à son char pour revenir au plus vite dans la forteresse, mais aussitôt elle aperçut Fedelm et Lendabair qui n'étaient plus qu'à trois tours de roue de la porte. Elle fit accélérer le cheval qui tirait son char.

D'un même mouvement, les trois femmes et leurs amies se précipitèrent, chacune voulant s'assurer d'être la première à entrer dans la cour de la forteresse. Bricriu ne leur avait-il pas dit que la première qui franchirait son seuil aurait préséance aux festins de Tara ? Évidemment, il était impossible pour les chars des trois groupes de femmes de passer en même temps, et leurs véhicules se bousculèrent dans un tapage infernal. Bricriu en profita pour s'éclipser et trouver refuge dans son observatoire où il pourrait, en toute innocence, jouir des querelles des femmes.

Dans la salle des banquets, les Ulates interrompirent aussitôt les festivités. Ils avaient l'impression que mille chars fondaient sur la forteresse, tellement la maison avait tremblé lorsque les femmes s'étaient précipitées sur le portail. Les hommes bondirent sur leurs armes, convaincus d'être attaqués.

– Arrêtez ! hurla Sencha MacAilella qui avait été le premier à sortir dans la cour. Ce sont nos femmes qui reviennent après avoir pris l'air. Je suis sûr que c'est Bricriu qui a provoqué cette querelle entre elles.

Sur un ordre de Sencha MacAilella, les portiers se hâtèrent de refermer les portes de la forteresse, mais Émer, sautant à bas de son char, plus vive que les autres, réussit à se faufiler et à franchir les palissades de Dún Rudraigé. Aussitôt, elle raconta à Cuchulainn que les deux autres femmes voulaient lui contester la place d'honneur au festin de Tara.

Entendant cela, Connall Cernach et Loégairé se jetèrent contre les portiers pour qu'ils laissent passer leurs épouses et qu'elles aient au moins une chance d'entrer la première dans la maison.

– Cette nuit finira mal ! soupira Conchobar.

Puis, d'un geste vif, avec un bâton, il frappa un des poteaux de bronze de la maison. Le bruit se répercuta dans toute la forteresse, et les guerriers interrompirent leurs assauts contre le portail.

– Calmez-vous ! leur lança Sencha MacAilella. Si un combat est nécessaire, il ne se déroulera pas avec des armes, mais avec des mots. Que les femmes expriment à tour de rôle ce qu'elles désirent et pourquoi elles méritent la place d'honneur plus que les autres. Quant aux hommes, qu'ils aillent attendre dans la grande salle des banquets.

Commença alors ce qui fut par la suite connu sous le nom de Combat de paroles des femmes d'Ulaidh. La première à s'exprimer fut Fedelm aux Neuf Cœurs. Elle vanta la noblesse de sa mère, la race illustre de son père, elle parla de la bravoure de son époux Loégairé, des prouesses qu'il avait accomplies. Finalement, elle demanda :

– Pourquoi n'obtiendrais-je pas le premier rang parmi les femmes à Tara, au festin annuel du Haut-Roi ?

Elle céda ensuite sa place à Lendabair. La femme de Connall Cernach vanta sa beauté, la forme svelte et souple de son corps, et rappela que son époux était à la fois aimable et courageux, capable de faire fuir ses ennemis simplement en se dressant devant eux. Elle termina son discours en disant :

– Lendabair aux beaux yeux doit avoir l'honneur de marcher devant toutes les femmes lorsqu'elle entre dans l'enceinte sacrée de Tara.

Elle retrouva ensuite ses compagnes qui la félicitèrent pour sa belle présentation, tandis qu'Émer commençait sa propre harangue.

La femme de Cuchulainn fit l'éloge de son intelligence, de son adresse et de la beauté de ses traits. Elle rappela surtout que le Chien de Culann n'était pas un mari comme les autres, rappelant les mille et une cicatrices qui balafraient le corps du héros qui avait tant de fois vu la mort de près. Elle parla aussi des tours d'adresse et des bonds qu'il était capable de faire, ce qu'aucun autre ne pouvait imiter. Ne l'appelait-on pas parfois le Contorsionniste ?

– Qui osera passer devant moi à Tara ? demanda-t-elle à la ronde.

Connall Cernach et Loégairé avaient tenté d'entendre ce qui se passait dans la cour et ils avaient perçu des bribes de cette joute oratoire. Le discours enflammé d'Émer les mit en colère, et ils tentèrent de se précipiter dehors malgré les lourdes portes de bronze qui s'étaient refermées derrière eux. Ce faisant, ils parvinrent à ébranler un des murs et à y créer une brèche par laquelle ils encouragèrent aussitôt leurs femmes respectives à entrer afin qu'elle soit la première dans la maison de Bricriu. Mais Cuchulainn avait compris leurs intentions. Il souleva la maison à bout de bras, tant et si bien qu'il l'arracha de ses fondations. Vive et futée, Émer se glissa dessous, aussitôt imitée par ses suivantes. Des vivats, des rires et des cris vinrent saluer l'exploit du Chien de Culann et de son épouse. Cet acte de supériorité qu'avait accompli son mari la plaçait au-dessus de toutes les femmes d'Ulaidh.

Une fois que son épouse fut à l'intérieur, Cuchulainn laissa retomber la maison, qui s'enfonça dans le sol. La pièce où Bricriu avait trouvé refuge s'écroula et Langue empoisonnée chut à terre, dans la poussière.

– Quoi ? s'écria-t-il. Des ennemis sont-ils en train d'assaillir ma forteresse pendant que nous festoyons ?

Il fit le tour de sa maison, constata les dégâts, mais ne vit nul ennemi.

– Par Hafgan ! s'exclama-t-il. Je vous ai invités à un splendide festin, et voici comment vous me remerciez. Vous avez détruit ma maison. J'aurais mieux fait de ne jamais vous faire entrer chez moi, ingrats Ulates. Sachez que personne ne boira ni ne mangera tant que ma maison ne sera pas remise dans l'état où elle était quand vous y êtes entrés.

Aussitôt, les guerriers se précipitèrent sur la demeure de Bricriu et tentèrent de la redresser, mais, malgré leur nombre, elle ne bougea pas.

– À mon avis, seul celui qui l'a mise dans cet état doit être capable de la remettre droite, fit Sencha MacAilella.

– C'est à Cuchulainn de le faire ! s'écrièrent en chœur les Ulates.

Le Chien de Culann s'arc-bouta et tenta d'exercer une forte poussée sur les murs pour remettre la demeure d'aplomb. Mais en vain. Concentré, bouillant de colère, il poussa et poussa encore, tellement que son corps s'allongea. Puis, il tendit ses muscles et, dans un effort suprême, il remit la maison sur ses fondations. Ses amis le félicitèrent, puis, soulagés, tous regagnèrent la salle des banquets pour enfin profiter des succulents mets qui jonchaient dorénavant le sol, mais qui n'en demeuraient pas moins délectables pour ces estomacs affamés.

Cependant, la paix ne dura pas longtemps. Un murmure agita tout à coup les groupes de femmes. Encore une fois, Fedelm, Lendabair et Émer se disputaient. Cette fois, le sujet de leur opposition était la force de leurs compagnons de vie. Tenant à défendre leur honneur, les trois Chevaliers de la Branche Rouge se retrouvèrent encore face à face, les armes à la main.

– Ça suffit! éclata Sencha MacAilella. J'en ai assez de ces vantardises.

– Je regrette, sage Sencha MacAilella, répondit Émer. Mais je ne peux faire autrement que de vanter les mérites de mon époux qui est le seul à pouvoir faire une acrobatie sur le souffle de l'haleine, le tour de la pomme, le tour du démon grimaçant, le tour du ver et du chat, le coup de la rapidité, le saut du feu de la bouche, le tour de la roue et du tranchant, et même se servir du jet de foudre…

En écoutant tout cela, Arzhel ouvrit de grands yeux. Tous ces tours, tous ces coups constituaient des gestes de combat et des prouesses athlétiques sans précédent. Personne ne pouvait se vanter de les maîtriser tous parfaitement. D'habitude, la plupart des mouvements s'inspiraient du comportement des animaux, mais la liste de ceux que le Chien de Culann pouvait réaliser allait bien au-delà des performances habituelles des meilleurs guerriers, et même de celles des plus savants des druides.

– Qui osera se comparer à Cuchulainn? termina Émer en reprenant son siège, près de son époux.

Connall Cernach s'avança devant le couple et lança au héros:

– Si tout cela est vrai, que Cuchulainn le prouve ! Viens nous faire la démonstration de ton talent.

– Non ! fit le Chien de Culann. Je ne ferai rien du tout, car je suis fatigué et j'ai faim. Toutefois, lorsque je serai rassasié et bien reposé, je vous le promets, je vous montrerai mes prouesses.

– Si tu fais cette démonstration, alors tu mériteras largement le morceau du héros pour le reste de tes jours, fit Loégairé, quelque peu goguenard.

Pendant que les trois héros discutaient et se défiaient, Conchobar, Fingen et MacAilella s'étaient concertés.

– Voici ce que je décide, intervint Conchobar. Non seulement nous demanderons à Aillil et à Mebd de désigner le meilleur guerrier d'Ulaidh, mais, auparavant, il faudra que Cûroi donne son avis sur la question.

Arzhel frissonna en entendant ce jugement. Cûroi était le dieu de la Mort des Tribus de Dana. Pour parvenir à son tertre situé dans le Mhumhain, il fallait auparavant affronter Uath, un géant mystérieux, et déjouer de nombreux sortilèges.

C'est une décision dangereuse, songea-t-il. *Conchobar a demandé l'arbitrage de la mort. Je crains qu'aucun d'eux ne revienne jamais de ce voyage périlleux.*

Il releva la tête et dévisagea Loégairé, Connall Cernach et Cuchulainn. Les trois guerriers semblaient satisfaits de la conclusion du roi et des druides, et avaient entrepris de se restaurer goulûment sans manifester la moindre inquiétude.

Après quelques secondes d'hésitation, Arzhel passa à table lui aussi, et la bonne et abondante chère chassa vite ses appréhensions.

Chapitre 10

Aux premières lueurs de l'aube, des silhouettes de chars fendirent l'épais brouillard qui recouvrait une partie d'Ériu. À bord des premiers, les trois héros, Cuchulainn, Connall Cernach et Loégairé, et leurs cochers ; dans les autres, quelques-uns de leurs esclaves et serviteurs, et parmi eux Arzhel qui s'était attaché au Chien de Culann en tant que druide.

Pendant toute la journée, le groupe parcourut une grande partie du Connachta, traversant des tourbières et des plaines verdoyantes. Puis, le paysage changea brusquement : ils venaient d'arriver dans un territoire placé sous la juridiction de Cûroi, dieu de la Mort des Thuatha Dé Danann. Devant eux se dressait une imposante forteresse, bâtie sur un terrain désertique, balafré de profondes crevasses et de fissures dues au ruissellement des eaux de pluie et au gel. Ils venaient d'arriver à An Bhoireann, le pays pierreux.

– Demandons l'hospitalité ici, proposa Cuchulainn en descendant de son véhicule.

D'une main affectueuse, il flatta l'encolure de ses deux chevaux, le Gris de Macha et le

Noir de la Vallée Sans Pareille, nés comme lui à la Brug na Boyne.

– Volontiers, répondirent Connall Cernach et Loégairé en l'imitant.

– La route est encore longue avant de parvenir au domaine de Cûroi, précisa Loégairé.

– Et moi, je suis fourbu! ajouta Connall Cernach en s'étirant.

Sodlang, Id et Loeg, les cochers, dirigèrent les chars vers la forteresse; ils franchirent le portail grand ouvert et ne trouvèrent personne dans l'enceinte pour les accueillir, ce qui, somme toute, était assez étrange.

– Qu'en penses-tu, druide? lança Cuchulainn à Arzhel qui se trouvait tout juste derrière lui.

– Je crois que c'est l'endroit que nous cherchons, la maison d'Uath dit l'Horreur, répondit-il.

– Où se cache-t-il donc? demanda Connall Cernach en explorant les alentours du regard.

– Il n'est pas très hospitalier, s'insurgea Loégairé. Il n'a pas de manières et ne sait pas comment accueillir convenablement des invités de marque comme nous.

– Uath a la réputation d'être cruel, méchant et impitoyable, reprit Arzhel. Bien peu de gens osent venir le déranger chez lui… Il n'a donc pas l'habitude de recevoir.

Uath était un être excessivement doué pour la magie et le druidisme. De plus, il pouvait se métamorphoser à volonté et prendre toutes les formes qu'il voulait. Il pouvait tout aussi bien se dissimuler en prenant l'apparence d'une pierre ou d'un arbre, d'un mouton ou d'un cochon. Arzhel examina donc les rochers et les végétaux, mais aussi les animaux et les oiseaux, mais en aucun d'eux il ne put reconnaître Uath.

Les voyageurs s'impatientaient, et Connall Cernach était d'avis d'entrer dans la maison principale, même sans y être invités. Il faisait un pas vers la porte de la demeure lorsqu'un géant d'une rare laideur se manifesta enfin pour les accueillir d'un retentissant :

– Bienvenue chez moi, héros d'Ulaidh ! Que me vaut l'honneur de votre inestimable présence dans ma misérable demeure ? demanda-t-il ensuite sur un ton servile qui ne trompa personne.

– Nous demandons simplement l'hospitalité de ta maison pour ce soir, répondit Arzhel. Ces trois guerriers n'arrivent pas à déterminer auquel d'entre eux doit revenir le morceau du héros.

Puis, il raconta dans le détail les péripéties vécues pendant le festin de Bricriu.

– Nous sommes donc en route pour rencontrer Cûroi, précisa Loégairé. Nous voulons seulement prendre un peu de repos chez toi avant de continuer notre chemin.

– Hum ! soupira le géant en se grattant le crâne, puis l'arrière de la tête, comme s'il était infesté de puces.

Ce qui est peut-être le cas, songea Arzhel en fermant son esprit et en gardant une bonne distance entre l'Horreur et lui.

– J'ai peut-être la solution à votre problème, reprit Uath, mais il faut me jurer que vous vous soumettrez à mon jugement.

Cuchulainn, Loégairé et Connall Cernach se regardèrent pendant quelques secondes. Si l'idée d'Uath pouvait leur éviter d'avoir recours au dieu de la Mort, il était intéressant de s'y attarder.

– Nous acceptons ! dirent-ils dans une belle unanimité.

– Bien ! Voici donc ma proposition, dit le géant. Je vous propose un marché. Seul celui qui l'acceptera pourra être déclaré le vainqueur…

– Quel est ce marché ? le questionna Arzhel qui ne parvenait pas à s'immiscer dans l'esprit du géant pour comprendre ce qu'il tramait.

– Eh bien, voilà ! Je vais aller chercher ma hache. Nous allons jouer au jeu du Décapité. Il suffira que l'un d'entre vous s'empare de ma cognée* et me coupe la tête.

Un sourire éclaira le visage des trois héros. Couper la tête du géant, voilà qui ne leur posait aucun problème !

– Toutefois, poursuivit Uath, celui qui le fera devra aussi jurer que, demain, il permettra que moi, je tranche la sienne. Seul celui qui acceptera ce marché sera digne du morceau du héros, non seulement à Emain Macha et dans toutes les cours royales d'Ériu, mais aussi à Tara lors du festin annuel de l'Ard Rí.

Les sourires s'estompèrent. L'heure était grave. Se défiler équivalait à porter pour toujours une étiquette de lâche et de peureux, ce que, évidemment, aucun des trois n'était prêt à accepter.

– Nous devons en discuter, répondit Arzhel en attirant les trois champions à l'écart.

– Il faut être fou pour conclure un tel marché, s'opposa aussitôt Loégairé.

– Comment veux-tu que celui qui aura la tête tranchée puisse ensuite réclamer la part du héros, puisqu'il sera mort ? grogna Connall Cernach. Ce géant se moque de nous.

– Vous pourriez accepter…, l'interrompit Arzhel, lui couper la tête et omettre de vous présenter demain pour votre propre décapitation.

– Se comporter ainsi serait un manque d'honneur ! se récria Cuchulainn. La honte de ce manquement à notre parole rejaillirait sur notre famille, sur notre clan, sur notre tribu, sur notre pays… C'est hors de question.

– Et puis, cela ne résoudrait pas notre problème…, fit remarquer Loégairé. On ne saurait toujours pas lequel de nous trois mérite la part du héros.

– Que proposes-tu alors ? l'interrogea Arzhel qui ne voyait pas du tout comment les trois champions pourraient se sortir de cette impasse sans passer pour des froussards et des lâches.

– Il n'y a qu'une solution..., répondit Cuchulainn en retournant vers le géant.

Il lui tendit la main en disant :

– Topons là, l'ami. L'affaire est entendue, j'accepte ton marché !

Connall Cernach, Loégairé, Arzhel, les cochers et les serviteurs furent atterrés. La témérité de Cuchulainn était légendaire, mais là, il dépassait les bornes.

– Écoute, tenta de le raisonner Loégairé. Je t'abandonne volontiers le morceau du héros, ne mets pas ta tête en jeu...

– Je suis d'accord ! ajouta Connall Cernach. Moi non plus, je ne revendique plus la meilleure part du festin. Elle te revient. Je t'en supplie, ne fais pas la bêtise d'accepter ce marché. Si tu perds la vie, nous en porterons la responsabilité et nous n'oserons plus nous montrer à Emain Macha et à Tara...

– Un marché est un marché ! répliqua Cuchulainn sur un ton ferme. Nous avons juré de nous soumettre au jugement d'Uath. Je ne reviendrai pas sur ma parole.

Pendant qu'ils discutaient, le géant fit passer sa main droite au-dessus du fil tranchant de sa hache en psalmodiant des formules magiques qu'Arzhel n'avait jamais entendues, car elles provenaient des incantations secrètes des Tribus de Dana. Puis, le géant tendit sa cognée à Cuchulainn, s'agenouilla et posa sa tête sur une pierre. Le Chien de Culann leva très haut la lourde hache et la laissa retomber d'un seul coup, décapitant Uath net. Celui-ci se releva immédiatement, ramassa sa tête qui avait roulé un peu plus loin et se dirigea vers un petit étang devant sa maison. Il s'y plongea, puis s'éloigna en tenant sa hache d'une main et sa tête horrible sous son bras.

Les voyageurs ne furent pas surpris de ce comportement, ils savaient à qui ils avaient affaire. Après tout, Uath était un géant. *Peut-être même un Fomoré*, songea Arzhel.

Ils s'installèrent dans l'enceinte de la forteresse d'Uath, mais y passèrent une bien mauvaise nuit. Arzhel, Loégairé et Connall Cernach tentèrent encore de raisonner Cuchulainn et s'employèrent même à trouver mille et une raisons pour lui faire renoncer au marché. Mais rien n'y fit. Le Chien de Culann n'entendait pas fuir ses responsabilités.

Lorsque le jour se leva, Arzhel trouva le guerrier prêt à affronter son destin. Les héros et leurs hommes se rendirent à l'endroit même où Uath avait été décapité la veille. Ils le trouvèrent debout près de la pierre, sa tête solidement fixée sur ses épaules, comme s'il ne s'était rien passé.

Cuchulainn inspira profondément à plusieurs reprises, salua ses compagnons d'un signe, puis il posa à son tour sa tête sur la pierre. Uath leva sa hache et, par trois fois, il l'abaissa sur le cou de Cuchulainn qui ne frémit même pas.

– Debout, brave Cuchulainn ! déclara finalement le géant. Oui, il est à toi, le morceau du héros. Personne ne peut le contester, tu es vraiment le plus brave de tous les guerriers d'Ulaidh et même d'Ériu tout entière, car tu n'as pas faibli une seconde devant le fil tranchant de ma cognée.

Arzhel, qui avait retenu son souffle pendant le jeu du Décapité, poussa un immense soupir de soulagement. Il comprenait maintenant à quoi rimait toute cette scène. En assumant de tels risques, Cuchulainn avait vaincu les dernières terreurs qui pouvaient subsister en lui. Désormais, il était un guerrier accompli, le meilleur d'entre tous, le seul à avoir été initié à cette mort symbolique. Arzhel allait expliquer la signification de cette épreuve aux deux autres héros lorsqu'il surprit des murmures de dépit.

– D'accord, je lui concède la victoire pour cette fois ! disait Loégairé à Connall Cernach, mais je m'en remets quand même au jugement de Cûroi pour trancher la question entre nous.

– Nous avons dit à Sencha MacAilella que nous irions prendre l'avis de Cûroi. Nous devons absolument nous rendre à Corcaigh, la capitale du Mhumhain, objecta Connall Cernach. L'avis d'Uath ne compte pas.

Cuchulainn avait, lui aussi, entendu les propos de ses deux compagnons. Mais il ne s'en offusqua pas et fut d'accord pour poursuivre la route. Ainsi, après avoir pris congé d'Uath, les trois champions et leurs hommes se dirigèrent plein sud, vers l'endroit où résidait Cûroi.

Le lendemain, à la tombée de la nuit, ils franchirent An Laoi, la rivière qui coulait devant Corcaigh, la forteresse de bois du redouté Cûroi, dont le nom signifiait « emplacement marécageux ». Le portier s'enquit de leur identité et leur apprit que son maître était absent. Il était parti dans le Síd le matin même.

Depuis que les Tribus de Dana avaient été obligées de se réfugier sous terre, le dieu de la Mort se comportait comme un fantôme. Il jugeait que rien dans ce pays n'était digne de sa gloire, de sa supériorité, de sa fierté. Il refusait catégoriquement de se battre ; il s'opposait fermement à ce que la terre d'Ériu vît son épée rougir de sang, et il n'acceptait pas non plus qu'elle lui offre le fruit de ses champs ou de ses arbres. Il ne souffrait pas de se nourrir de ce qui était cultivé ou élevé par des mortels gaëls.

La femme de Cûroi reçut donc les voyageurs et fit en sorte de combler tous leurs désirs. Elle les assura qu'ils pouvaient s'installer jusqu'à ce que son époux consente à revenir à Corcaigh et puisse rendre son jugement. Le soir même, elle adressa une requête à ses hôtes.

– Il faudrait que l'un d'entre vous monte la garde dans la tour orientée vers la mer, car lorsque Cûroi est absent, je suis prise d'angoisse. Le portail de la forteresse devient invisible aux passants quand la nuit est la plus sombre, mais une attaque peut toujours survenir par le front de mer. Ma peur ne s'estompe qu'au petit matin.

– Je me ferai un plaisir de te rendre ce service, répondit aussitôt Arzhel, avant même que ses compagnons puissent se prononcer.

Il jugeait qu'il n'y avait pas grand risque qu'il se passe quelque chose sur la mer et, même si cela arrivait, il n'aurait qu'à sonner l'alerte. Tous acceptèrent que le jeune druide fasse office de gardien de nuit et, après s'être restaurés, ils partirent se coucher.

Arzhel se hissa dans la tour de garde et s'assit. Tout était très calme, mais il avait appris qu'il ne fallait pas se fier aux apparences et demeura néanmoins très vigilant.

La fin de la nuit approchait lorsque son regard fut attiré par une ombre qui dansait sur la mer. Au fur et à mesure qu'elle avançait, il se rendit compte que cette ombre était immense, hideuse, terrifiante. Il réprima un frisson, mais ne put empêcher ses mâchoires de se crisper. Toujours le regard fixe, il vit la mer entre les jambes de la silhouette sombre qui ne cessait de s'approcher. Il remarqua tout à coup qu'elle portait d'énormes branches de chêne comme s'il ne s'agissait que de fétus de paille. Sans avertissement, l'ombre lança une de ses branches vers Arzhel, mais heureusement elle le manqua.

Désormais sur ses gardes, le jeune druide vit plusieurs branches partir dans sa direction. Il plongea à plat ventre et l'une d'elles passa au-dessus de sa tête. Alors qu'il risquait un œil par-dessus la balustrade pour voir ce que faisait l'ombre, une troisième branche l'effleura sans le toucher.

Revenu de sa surprise, Arzhel se décida finalement à répliquer. Il jeta son javelot vers l'ombre, mais son projectile ne vola pas très loin, car il l'avait lancé contre le vent. Lorsqu'il releva les yeux, il constata que l'ombre était maintenant arrivée au pied de la forteresse. D'une voix forte et sûre, le jeune druide prononça une incantation destinée à stopper l'attaque, mais, à sa plus grande stupeur, sa magie demeura sans effet. Il recommença en utilisant des paroles plus puissantes, mais cela ne fonctionna pas mieux. Il ne lui restait qu'une solution : prévenir les autres.

Il allait dévaler l'escalier de bois qui menait vers la cour pour sonner l'alarme lorsqu'il sentit une main énorme, terrible et vigoureuse le saisir. Instantanément, il se retrouva dans la paume de l'ombre géante comme s'il n'était qu'une graine de sénevé*. Puis, le spectre approcha son autre main et le broya entre ses deux paumes. À moitié mort, Arzhel fut jeté dans la cour de la forteresse, où il atterrit sur un tas de fumier.

Ce fut là qu'au petit matin, Loégairé, Connall Cernach et Cuchulainn le trouvèrent, suffoquant et courbaturé. Le jour était levé et l'ombre avait disparu. On accourut auprès d'Arzhel pour le nettoyer et le soigner et, à la fin de la journée, il avait suffisamment récupéré ses esprits pour raconter sa mésaventure.

– Cette nuit, c'est moi qui monterai la garde ! s'exclama Loégairé. On verra bien si ce spectre osera s'en prendre à un champion d'Ulaidh.

Mais il en fut pour Loégairé comme pour Arzhel. L'ombre attaqua le héros, et ce dernier termina sa nuit au même endroit que le jeune druide, c'est-à-dire tête première dans le tas de fumier. Connall Cernach décida d'affronter l'ombre à son tour la nuit suivante. Mais il n'eut pas plus de succès. Au petit matin, on le retrouva enfoui dans le purin. En tant que benjamin des Chevaliers de la Branche Rouge, Cuchulainn avait attendu patiemment son tour. Dès que le soleil se coucha, il grimpa dans la tour et attendit.

Or, c'était aussi cette nuit-là qu'un groupe de Fomoré avait décidé d'attaquer la forteresse de Cûroi et les villages qu'elle protégeait. Tout était calme, et Cuchulainn s'ennuyait à mourir dans sa tour lorsque, tout à coup, il perçut du tapage de l'autre côté de la palissade. Il se redressa et lança :

– Si vous êtes des amis, n'avancez pas ! Je ne voudrais pas avoir à vous tuer. Si vous êtes des ennemis, venez vite que je vous prenne vos têtes.

Invisibles dans l'obscurité, les agresseurs poussèrent un terrible cri de guerre. Aussitôt, Cuchulainn, utilisant un de ses dons acrobatiques, sauta de la tour de guet et s'abattit sur trois combattants à qui il trancha net le col. Les assaillants ne l'avaient ni vu ni entendu venir.

D'un bond, Cuchulainn remonta dans sa tour, posa les têtes et les armes prises à ses ennemis sur la plateforme et s'assit calmement à côté. Fouillant l'obscurité de son œil aveugle qui lui procurait le don de cécité druidique, il ne tarda pas à dénicher trois autres attaquants. Encore une fois, il se propulsa au milieu d'eux et les battit à plates coutures avant même que les trois intrus aient pu l'entendre venir. Il ramena les têtes et les armes, les posa sur la plateforme et reprit son poste. Puis, lorsqu'il dénicha les trois derniers Fomoré, il ne leur laissa aucune chance.

Finalement, il remonta dans la tour et attendit, mais il ne se passa plus rien. La nuit allait bientôt s'achever. Il était fatigué et commençait à trouver le temps long. Il entendit soudain la mer se soulever comme si elle était agitée par une violente tempête. De son œil valide, il vit une ombre immense, les bras chargés de branches de chêne, qui se précipitait vers la forteresse. Une voix portée par le vent semblait le narguer :

– Ta nuit va mal finir !

– Je crois plutôt que c'est la tienne qui va mal se terminer, répliqua Cuchulainn.

Il effectua un bond prodigieux qui l'amena dans la mer où il se retrouva à chevaucher une immense vague sombre qui déferlait en grondant. À sa grande surprise, il constata qu'il était juché à plusieurs arepenn* de hauteur. Alors, il posa son épée sur ce qu'il prit pour la tête de l'ombre, puis se mit à tournoyer autour d'elle en utilisant le tour de la roue.

Ce que Cuchulainn combattait avec une telle vigueur était en fait une vague scélérate* portée par Sruth na Murascaille, le Fleuve-Océan, et qui charriait des débris, notamment des troncs d'arbres arrachés à d'autres rives, que la mer démontée projetait vers la forteresse. Au cœur de la nuit, l'imagination et la fatigue des guetteurs les avaient amenés à confondre cette immense vague avec une ombre maléfique.

Le Chien de Culann ne pouvait pas savoir que ce fleuve mythique, qui n'avait ni source ni embouchure, était en fait un fort courant océanique prenant naissance très loin dans la Grande-Mer que les Grecs appelaient Douekaledonios.

Cette fois, Cuchulainn fut battu, culbuté, roulé par l'immense vague, manquant plusieurs fois suffoquer sous ses rudes rouleaux. Chaque fois, le valeureux guerrier ressurgissait et menaçait son adversaire des pires tourments. Finalement, le héros crut entendre l'ombre lui demander grâce, alors il répondit :

– Promets-moi que j'obtiendrai le morceau du héros dans les festins et que personne ne pourra le contester. Et pour ma femme Émer, je veux la préséance sur toutes les autres femmes dans tous les rassemblements d'Ériu.

L'ombre répondit par un grondement encore plus fort que les précédents, que Cuchulainn interpréta comme un accord. Puis, le Chien de Culann fut violemment projeté sur le rivage où il tomba évanoui.

Lorsqu'il se releva, une heure plus tard, encore tout étourdi, il constata que son adversaire avait disparu, que la mer était de nouveau calme et qu'il faisait jour. Un grand sourire s'afficha sur son visage. Il avait vaincu le monstre de la nuit. Il décida alors de sauter par-dessus les remparts de la forteresse pour y rentrer. Mais, épuisé par le combat qu'il avait d'abord mené contre les Fomoré, puis par celui qui l'avait opposé à l'ombre maléfique, il rata son premier bond et son front alla heurter violemment le portail ; un second saut ne le mena qu'à mi-hauteur du mur. Il sentit la colère l'envahir. Son troisième saut le propulsa si haut qu'il dépassa la palissade et, en retombant, il s'enfonça jusqu'aux genoux dans la terre. La colère eut cependant pour effet de décupler sa force. Et ses échecs l'avaient rendu vert de rage. Il réussit enfin à bondir dans la cour, tout juste devant la porte de la maison de Cûroi. Il atterrit avec une telle force que l'empreinte de son pied droit resta gravée dans une pierre. Au bruit qu'il fit en retombant, la femme de Cûroi se précipita. À l'air fourbu, mais joyeux qu'il affichait, elle comprit qu'il avait vaillamment combattu et qu'il avait remporté la victoire. Comme il avait réveillé toute la maisonnée, tous se précipitèrent pour l'interroger sur ses aventures de la nuit.

Chapitre 11

Cuchulainn était en train de décrire comment il avait réussi à vaincre l'ombre maléfique lorsque le portail de la forteresse s'ouvrit. Les Chevaliers de la Branche Rouge ne purent bien distinguer qui venait à leur rencontre, car cette personne croulait sous le poids de plusieurs armes de guerre et boucliers, et des neuf têtes que le Chien de Culann avait déposées sur la plateforme de la tour de garde.

L'homme jeta le tout pêle-mêle sur le sol. Une fois débarrassé de tout cet attirail, Cûroi s'exclama, en désignant Cuchulainn :

– Cet homme est sans aucun doute le plus grand gardien que la terre a porté et portera jamais. Je sais pourquoi vous êtes ici, guerriers d'Ulaidh, et je vous le dis sans hésiter : Cuchulainn mérite pleinement le morceau du héros. C'est mon jugement. Et, par le fait même, sa femme Émer aura toujours préséance sur les autres femmes aux festins d'Ériu.

Loégairé et Connall Cernach soupirèrent, mais aucun des deux n'osa contester la décision du dieu de la Mort. Après avoir célébré la victoire du Chien de Culann, les Chevaliers de la Branche Rouge et leur suite reprirent la route d'Emain Macha.

Pendant ce temps, à plusieurs leucas de là, dans la forteresse de Cruachan, au Connachta, Aillil et Mebd étaient en pleine querelle conjugale. La reine était une femme au caractère bien trempé et Aillil se sentait parfois inférieur à son épouse. Ce jour-là, ils se disputaient justement à ce propos.

– Tu as beaucoup plus d'influence depuis que je t'ai épousée qu'auparavant, lança Aillil sur un ton amer.

– Je ne t'ai pas attendu pour être aimée et considérée par mon peuple, répliqua Mebd, tranchante.

– Ah oui ? Tu as tort. Avant que je sois ton époux, tes terres étaient pillées bien plus souvent. Les brigands s'en donnaient à cœur joie dans tes domaines.

– Non mais… pour qui te prends-tu ? gronda la reine. Sache que mes ancêtres sont d'une meilleure lignée que la tienne. Je suis de la famille d'Érémon, le premier Ard Rí d'Ériu. J'ai toujours été une bonne reine, dispensant mes richesses sans compter. Même au combat, je dirige mieux mes guerriers que la plupart des hommes… Voilà pourquoi j'ai hérité du Connachta.

Aillil savait pertinemment que Mebd disait vrai. Pourtant, il ne put s'empêcher de la provoquer :

– Si tu n'avais pas besoin de moi, alors pourquoi m'as-tu épousé ?

– En effet, j'aurais pu rester célibataire, mais je voulais à mes côtés un homme digne de moi. Qui ne soit ni avare, ni jaloux, ni peureux. Et tu avais toutes ces qualités, c'est pour cela que je t'ai choisi.

– Trop heureux de ton choix ! fit Aillil, ironique. Ainsi, grâce à moi, tu es encore mieux considérée qu'auparavant par le peuple, car mon caractère te fait honneur !

– Une seconde ! rétorqua Mebd. Tu oublies que c'est moi qui t'apporte de l'honneur. Car c'est moi qui t'ai offert des présents de mariage : des tuniques d'or et d'argent, des chars et des esclaves, des armes et des terres... et non l'inverse. Je suis plus riche que toi. N'oublie jamais que celui des deux qui est le plus riche dirige seul le royaume. Et dans notre cas, il n'y a pas à discuter, je suis celle qui dispose des richesses, je suis donc la seule à prendre les décisions...

En entendant cela, Aillil devint tout rouge de colère :

– Oublies-tu que, si je suis venu au Connachta, c'est parce que ma mère était la fille du précédent roi de ce pays ?

– Eh bien, c'est donc grâce aux richesses de ta mère que tu as obtenu ton titre…, fit Mebd.

– Non, c'est faux! répliqua Aillil. J'ai obtenu mes richesses par mon père, lui-même issu de la famille de Un*, le corégent de ce pays. De toute façon, je suis sûr qu'il n'y a personne dans tout Ériu qui soit aussi riche que moi.

– Prouve-le! s'emporta Mebd en tournant le dos à son mari.

Les conseillers et les serviteurs des deux époux furent convoqués, et on leur demanda de dresser un inventaire complet de la fortune qui appartenait à l'un et à l'autre. Le plus petit objet fut évalué et comptabilisé. Rapidement, il fallut se rendre à l'évidence: aucun des deux ne disposait davantage de richesses que l'autre.

Les druides établirent ensuite la surface et le rendement des prés, des champs, des bois et des landes qui appartenaient en propre* à Mebd et à Aillil. Et encore une fois, les comptes démontrèrent que leurs possessions étaient parfaitement égales. On compta donc le nombre d'animaux, cochons, moutons, brebis, béliers, chevaux, étalons et juments, bœufs, vaches, veaux, taureaux. On pesa et soupesa, et encore une fois rien ne put départager les deux époux: que ce soit en taille, en poids ou en nombre, tout était encore absolument identique. Toutefois, on trouva finalement dans le cheptel* d'Aillil un taureau remarquable appelé le Blanc Cornu : il était né d'une vache appartenant à Mebd, mais s'était un jour échappé de son enclos pour se mêler aux bêtes d'Aillil dans la plaine d'Aé.

– Je crois que ce taureau ne supportait pas d'appartenir à une femme, railla Aillil.

En entendant cela, Mebd fut très vexée. Elle se sentit brusquement en état d'infériorité par rapport à son époux, car elle ne possédait aucun animal de la valeur de ce Blanc Cornu. En cachette, elle convoqua Mac Roth, le chef de ses messagers, mais aussi son meilleur espion.

– Toi qui sais tout ce qui se passe à Ériu, sais-tu s'il existe quelque part dans les cinq royaumes un taureau qui peut se comparer au Blanc Cornu d'Aé ?

– Oui, répondit Mac Roth. Toutefois, il appartient aux Ulates. On l'appelle le Brun de Cúailnge et il fait partie des bestiaux d'un certain Dairé. C'est un animal comme on n'en a jamais vu auparavant. Il est d'une puissance et d'une robustesse incomparables. Il s'accouple avec cinquante vaches chaque jour, et elles mettent bas le lendemain. Chaque soir, cent cinquante enfants viennent s'amuser et faire des acrobaties sur son dos. Et cent guerriers peuvent se rafraîchir en se blottissant dans son ombre ou encore se réchauffer contre son flanc. Son meuglement est si puissant qu'il est entendu dans tout l'Ulaidh.

– Rends-toi chez ce Dairé et demande-lui de me prêter son taureau pour un an, fit Mebd, émerveillée. Dis-lui que je lui offrirai cinquante génisses*.

– Bien, fit Mac Roth en tournant les talons.

– Non, attends ! le retint Mebd. Dis-lui que s'il accompagne son taureau, je lui offrirai aussi des terres plus grandes que celles qu'il possède déjà en Ulaidh, vingt et une esclaves et un char somptueux.

Mac Roth s'inclina et réunit rapidement une petite escorte pour l'accompagner dans le comté de Cúailnge où résidait Dairé.

Mac Roth et ses neuf compagnons furent bien reçus par Dairé qui leur offrit le gîte et le couvert et les traita avec respect, car ils étaient venus en mission et non pas en ennemis. En effet, depuis qu'Érémon et Éber s'étaient partagé l'île Verte, les gens de Connachta et ceux d'Ulaidh étaient en froid, et il n'était pas rare que des escarmouches éclatent entre les habitants des deux pays.

– Pourquoi viens-tu me rendre visite ? demanda Dairé en offrant à manger et à boire à Mac Roth et à ses coursiers.

– N'aie crainte, cher Dairé, il n'y a rien de grave ! lui répondit le chef des messagers du Connachta.

Et il lui raconta la querelle qui opposait ses souverains, la reine Mebd et le roi Aillil.

– Je suis simplement venu te demander de prêter le Brun de Cúailnge à Mebd afin qu'elle puisse le comparer avec le Blanc Cornu d'Aé. Et ensuite, le taureau te sera restitué. Tu seras bien récompensé.

Le messager ajouta que si Dairé venait lui-même avec son taureau, la récompense serait encore plus importante. Ces propositions retinrent l'attention du fermier et il répondit :

– Peu importe ce que diront les Ulates, je te le promets, j'emmènerai le Brun de Cúailnge au Connachta !

Pour sceller l'accord, on perça des tonneaux et on s'attabla devant la meilleure nourriture. Les hommes firent tellement honneur au repas que, bientôt, deux coursiers, un peu éméchés*, se mirent à discuter de l'entente qui venait de se conclure.

– Franchement, ce Dairé est très gentil, pour un Ulate. Probablement le meilleur de ce pays, dit le premier.

– Il y en a un meilleur que lui, répondit le deuxième. C'est le roi Conchobar. Aucun de ses sujets n'a à se plaindre de lui.

– Oui, mais Dairé, en plus d'être riche, est aussi très puissant. As-tu vu tous les guerriers qui vivent dans sa forteresse ? reprit le premier. S'il avait refusé de nous prêter le Brun de

Cúailnge, il aurait été difficile de le lui prendre de force !

– Taisez-vous donc, incapables ! intervint un troisième. Vous parlez de choses que vous ne connaissez pas. Si Dairé avait refusé de donner son taureau, on le lui aurait arraché de force, n'en doutez pas. Nos guerriers sont tout aussi valeureux que ces maudits Ulates…

Le troisième larron était en train de proférer ces menaces lorsque les serviteurs de Dairé entrèrent dans la pièce. L'intendant du domaine fit déposer les boissons et la nourriture comme si de rien n'était, puis il se précipita vers son seigneur.

– Est-ce toi qui as donné le plus inestimable des trésors de Cúailnge à ces hommes ? demanda l'intendant, rouge de colère.

– Oui, répondit Dairé. Je l'ai prêté à Mebd pour un an…

– Eh bien, tu as fait une belle bêtise ! enchaîna l'intendant. Ces messagers sont des fourbes… Ils t'ont promis de belles récompenses, mais sache que si tu avais refusé de prêter le Brun, ils te l'auraient pris par la force. Oublies-tu que la grande armée de Mebd est maintenant conseillée par Fergus l'Exilé et qu'elle n'attend qu'un prétexte pour se jeter sur nous ?

Le lendemain matin, Mac Roth et ses compagnons vinrent saluer Dairé et ils lui demandèrent où se trouvait le fabuleux taureau pour qu'ils l'emmènent à Cruachan, et s'il comptait les accompagner.

– Non, répliqua le fermier. Je pourrais tous vous faire mettre à mort pour les propos perfides tenus par tes coursiers dans mon dos, mais ce n'est pas dans mes habitudes. Partez, vils menteurs. Vous n'emmènerez pas le Brun de Cúailnge hors d'Ulaidh.

– Mais voyons, tenta de le calmer Mac Roth. Les propos des coursiers ne reflètent pas du tout les pensées de Mebd. Jamais les armées du Connachta n'ont songé à s'emparer de ton animal par la force…

– Non, s'entêta Dairé. Notre accord est rompu ! Jamais je ne vous laisserai mon bien le plus précieux, mon fabuleux taureau…

Les messagers repartirent donc les mains vides. Penaud, Mac Roth vint rendre compte de l'échec de sa mission à la reine Mebd.

– Dairé refuse de te prêter le Brun de Cúailnge, soupira le messager.

Il raconta ensuite ce qui s'était passé dans la maison de l'Ulate.

– Bien ! Nous savons maintenant à quoi nous en tenir ! répondit Mebd. Puisque Dairé refuse de me prêter ce taureau de son plein gré, je le prendrai donc par la force. Il n'est pas encore né, l'Ulate qui m'insultera impunément. Que tous les hommes et les femmes du Connachta aptes à le faire prennent les armes.

Tous les guerriers furent donc convoqués et notamment les deux fugitifs, Fergus l'Exilé et Cormac Conlongas, fils de Conchobar, qui commandaient chacun un détachement d'Ulates renégats au sein de l'armée du Connachta. Le premier groupe à se présenter fut d'ailleurs l'un de ceux de Cormac Conlongas, mais le fils du roi d'Ulaidh ne se trouvait pas parmi eux. Les hommes portaient des manteaux verts, des chemises tissées de fils d'or et d'entrelacs rouges, des épées à la poignée blanche sous une garde d'argent. Le second groupe était vêtu de manteaux bleus et de chemises blanches, et avait des épées à pommeau d'or sous une garde d'argent. Les manteaux de la troisième troupe étaient pourpres, fermés par de superbes broches d'or. Les guerriers portaient des chemises de soie descendant jusqu'aux genoux. Ils marchaient tous du même pas, en cadence, Cormac Conlongas à leur tête. Il était d'une taille et d'une beauté remarquables.

Arrivés devant Cruachan, les milliers de guerriers venus des quatre coins du royaume s'installèrent le mieux possible. Il leur fallait maintenant attendre un présage favorable et l'avis des druides pour se lancer à l'assaut d'Ulaidh. Mebd, de son côté, était anxieuse de connaître l'avenir et le résultat de son attaque. Elle alla consulter un vieux druide qui vivait en retrait dans les bois.

– Beaucoup de combattants, hommes et femmes, ont quitté leur foyer pour me soutenir, lui dit-elle. S'ils ne reviennent pas sains et saufs, les malédictions et les plaintes de leurs familles me frapperont. Pour ma part, personne ne m'est plus cher que moi-même. Dis-moi si je reviendrai de cette guerre.

– Peu importe que celui-ci ou celle-là revienne ou non, répondit le druide, sache simplement que toi, tu regagneras Cruachan saine et sauve.

Satisfaite, Mebd ne posa aucune autre question au vieux druide. Son cocher fit tourner son char royal par la droite afin d'attirer la chance et relança le véhicule en direction de la forteresse. Mais, à quelque distance de là, sur le bord du chemin, Mebd aperçut une femme étrange au teint pâle, aux longs cheveux noirs brillant comme les ailes d'un corbeau, coiffés en trois tresses remontées sur sa tête, une quatrième s'en échappant et descendant jusqu'à ses pieds. Ses lèvres rouge sang murmuraient un air plus mélodieux que le son de la plus magique des harpes. Elle portait un manteau vert sombre, retenu par une broche d'or et de bronze superbement confectionnée représentant un cheval qui rue. La femme était en train de tisser.

– Qui es-tu ? l'interrogea Mebd. Pour qui tisses-tu cette ceinture ?

– Je travaille pour toi, reine du Connachta. Tu vois, chacun de ses fils représente les guerriers de quatre provinces d'Ériu. Je les unis pour qu'ils t'accompagnent sans faiblir contre les guerriers d'Ulaidh, afin que tu puisses leur enlever le Brun de Cúailnge…

– Comment peux-tu connaître mes projets ? s'étonna Mebd. Qui es-tu ?

– Je suis une bansidh, mentit la prophétesse qui ne tenait pas du tout à dévoiler sa véritable identité. Je vis dans le tertre de Cruachan, sous ta forteresse.

La reine gaëlle, perplexe, ne cessait de dévisager cette inconnue.

– Pourquoi me rends-tu ce service? la questionna Mebd.

– J'ai mes raisons, et elles ne te concernent pas ! dit calmement la bansidh, qui n'était autre que Macha la noire.

Mebd hésita encore. Devait-elle s'en aller ou interroger un peu plus cette femme étrange qui semblait pouvoir lui révéler l'avenir mieux que le vieux druide consulté une vingtaine de minutes plus tôt ? Finalement, elle prit sa décision et demanda ce que la prophétesse voyait pour son armée.

– Rouge. Je vois beaucoup de rouge, répondit la bansidh.

– Ce n'est guère possible, reprit Mebd. On dit que Conchobar est enfermé dans Emain Macha, malade… Il souffre d'un terrible sort qui afflige les guerriers d'Ulaidh à certaines époques de l'année, et qui dure plusieurs semaines.

– Je connais ce sort, répliqua la bansidh. Pourtant, je te le répète, je vois du rouge… beaucoup de rouge sur ton armée.

– Mais voyons ! Les fils de Conchobar aussi sont malades, tout comme leurs guerriers… Nous n'avons donc rien à craindre. Depuis leur retour en Ulaidh, Loégairé et Connall Cernach sont également atteints de ce mal. Ils ne pourront rien contre nous. Ils sont au lit, gémissants et incapables de porter l'épée. Tous mes espions le confirment.

– Rouge. Je vois beaucoup de rouge ! répéta la bansidh, tout en poursuivant son tissage.

Malgré ses airs hautains et ses croyances rassurantes, Mebd se sentait mal à l'aise et impressionnée par les propos de la femme. Elle descendit enfin de son char et vint s'asseoir près de la prophétesse.

– Écoute ! Ce n'est pas possible. Les Ulates sont en piteux état. Et puis, même s'ils parvenaient à se réunir à Emain Macha, les querelles éclateraient aussitôt. Ils sont incapables de s'entendre entre eux. Ils se provoquent mutuellement. Tous veulent se porter à l'assaut en premier et personne n'accepte de rester derrière, tant et si bien que c'est chaque fois la pagaille dans leurs rangs. Ils sont incapables d'agir en groupe et d'obéir aux ordres de leurs chefs. Si l'un des guerriers voit un cochon sauvage ou un chevreuil, il en oublie les consignes pour se précipiter sur l'animal, quitte à déserter le champ de bataille.

– Je te redis que je vois du rouge… oui, beaucoup de rouge!

Puis, la bansidh ajouta:

– Je vois un homme à la peau blanche couverte de cicatrices, et borgne. Quand son œil unique se pose sur ses anciennes blessures, sa force et son orgueil en sont décuplés. C'est un dragon féroce. Il connaît de nombreux tours d'adresse qui savent impressionner ses adversaires. Il sait manier quatre épées à la fois, et chacun de ses ennemis en recevra des coups. Son javelot-foudre ne rate jamais sa cible. Il étendra son manteau rouge sur tous ceux qu'il rencontrera. Il massacrera tes guerriers les plus redoutables et te conduira à la défaite. Les têtes des combattants du Connachta rouleront à ses pieds. Voilà ma prophétie.

Mebd allait répliquer, mais, en un clignement d'œil, la bansidh avait disparu. Une plume de corbeau voltigeait dans l'air.

Chapitre 12

Elembiuos, le mois du cerf, touchait à sa fin. De retour en Gaule, César avait fait mettre ses navires à sec et convoqué une assemblée des Gaulois à Samarobriva, la capitale du peuple belge des Ambiens, c'est-à-dire « Ceux de la rivière ». Une centaine de chefs de guerre et rois celtes et leurs hommes se retrouvèrent donc dans les rues étroites de la petite cité. Les Romains avaient établi leurs quartiers d'un côté de la rivière Samara, les Gaulois, de l'autre. Chez les Romains, l'ordre et la discipline régnaient, d'autant plus que César était parmi eux; chez les Gaulois, ce n'était que banquets, beuveries, batailles et invectives.

Ce matin-là, pourtant, tous étaient rassemblés sur la grand-place nouvellement pavée, au centre de l'oppidum, pour écouter le général romain.

– Cette année, la récolte a été mauvaise en Gaule à cause de la sécheresse…, commença César, parmi les murmures qui venaient confirmer ses propos. Je vais donc disperser mes légions dans un plus grand nombre d'États.

Encore une fois, des commentaires montèrent de la foule. Certains approuvaient, tandis que d'autres ronchonnaient. Imperturbable, César continua :

– Caïus Fabius s'établira avec une légion chez les Morins ; Quintus Cicéron ira chez les Nerviens ; Lucius Roscius, chez les Ésuviens ; Titus Labienus, chez les Rèmes ; le questeur Marcus Crassus disposera de trois légions chez les Bellovaques, la sienne et celles de Lucius Munatius Plancus et de Caïus Trébonius. Chez les Éburons, il y aura la XIVe légion et cinq cohortes sous les ordres de Quintus Titurius Sabinus et de Lucius Aurunculeius Cotta. En agissant ainsi, la disette de blé se fera moins sentir sur mes hommes et sur vos États. Il y aura donc assez de nourriture pour tout le monde.

Malgré ces belles paroles rassurantes, plusieurs chefs de tribus faisaient grise mine. Être obligé d'héberger des Romains pour l'hiver n'était jamais une bonne nouvelle. Au mieux, les étrangers dévalisaient les réserves de nourriture ; au pire, les chefs des tribus qui les accueillaient se voyaient rapidement affubler du nom de traîtres par les autres nations.

– Je ne vois pas mon bon ami Tasgetios parmi vous, lança soudain César en plissant les yeux pour examiner les visages fermés qui se trouvaient devant lui.

Chez les Carnutes, en raison de ses bons et loyaux services, le général romain avait, trois ans plus tôt, donné la royauté à Tasgetios, dont les ancêtres avaient autrefois régné sur ce peuple. Mais les Carnutes n'avaient que faire d'un roi, surtout si ce dernier était à la solde de Rome. La nuit précédant l'assemblée, ses ennemis, soutenus par le peuple, l'avaient assassiné dans son sommeil.

Aulus Hirtius, le secrétaire de César, se pencha à l'oreille de son maître pour lui transmettre la nouvelle du meurtre dont il avait été lui-même informé tout juste avant que le général ne commence son discours.

En apprenant cela, l'inquiétude se peignit aussitôt sur les traits de Jules César. Il se précipita en bas de l'estrade sur laquelle il s'était juché pour s'adresser aux chefs gaulois et lança de nouveaux ordres à Aulus Hirtius :

– Que Lucius Munatius Plancus mène l'enquête ! aboya-t-il. Il faut arrêter les coupables avant que ce meurtre ne donne envie aux Carnutes de se soulever.

– Je m'en charge, répondit Hirtius. Je voulais aussi te prévenir que j'ai reçu des messagers de toutes les légions. Toutes sont arrivées dans les États que tu leur as désignés et ont commencé à s'installer pour l'hivernage.

– C'est bon ! C'est bon ! fit César en renvoyant son secrétaire d'un geste de la main où perçait l'exaspération due à la nouvelle apprise plus tôt.

Quelques jours passèrent. Les chefs gaulois avaient quitté Samarobriva pour regagner leurs capitales respectives et tout semblait calme en Gaule. Cette tranquillité était cependant toute relative. Indutionmare, le Trévire, avait fait parvenir en secret des messagers chez les Éburons pour les convaincre de ne pas recevoir les légions romaines sur leur territoire. Leurs deux rois, Ambiorix, le Roi de l'habitat, et Catuvolcos, le Faucon de combat, étaient un peu embêtés. Ils ne pouvaient pas refuser d'aider des frères gaulois qui réclamaient leur assistance, mais, en même temps, ils craignaient la colère de César.

Finalement, après mûre réflexion, les deux chefs prirent une décision qui allait avoir de graves conséquences. Dans un premier temps, ils se rendirent auprès de Sabinus et de Cotta pour les assurer de leur entière collaboration. Cependant, dès le lendemain de l'installation des Romains, un parti d'Éburons tomba sur les ravitailleurs de la légion et attaqua l'oppidum où les deux lieutenants avaient établi leurs légionnaires entre la Mosaenn, la rivière de boue, et le Rhenos au cours impétueux. Comme il fallait s'y attendre, les Romains ne s'en laissèrent pas imposer. Ils prirent les armes et lancèrent leur cavalerie, notamment des mercenaires venus d'Ibérie, contre les rebelles. Les Éburons reculèrent, puis, voyant la victoire leur échapper, s'éparpillèrent en poussant de grands cris. Ambiorix envoya aussitôt un messager au camp romain pour entreprendre des pourparlers dans le but d'apaiser les tensions.

Deux chevaliers, Caïus Arpineius et Quintus Junius, furent désignés pour parler avec le Roi de l'habitat.

– Je reconnais que je dois beaucoup à César, commença le roi des Éburons. C'est grâce à lui que mon peuple n'a plus à payer un tribut aux Atuatuques. Mon fils et le fils de mon frère nous ont été rendus sains et saufs alors qu'ils étaient retenus en otages et réduits en esclavage chez ces Atuatuques.

– Alors, pourquoi avoir attaqué notre camp ? le questionna Caïus Arpineius.

– J'y ai été contraint... D'ailleurs, notre défaite le prouve. Les Éburons sont faibles et n'ont pas l'expérience qu'il faut pour causer de grands dommages aux Romains, répliqua Ambiorix.

– Contraint ? s'étonnèrent en chœur les deux chevaliers.

– Oui. Tous les camps romains devaient être attaqués en même temps dans toute la Gaule, afin qu'une légion ne puisse aller en secourir une autre, précisa Ambiorix. C'est une décision qui a été prise par Maponos, l'archidruide.

– On dirait bien que la conjuration a échoué ! se moqua Quintus Junius. Les Éburons se sont jetés tout seuls dans l'aventure… et dans le pétrin.

– J'ai répondu à l'appel de mes frères gaulois et personne ne pourra me le reprocher, fit le roi éburon. Mais maintenant, je peux m'acquitter de ma dette envers César. Alors, je vous avertis pour votre bien et pour celui de vos soldats... Les Germains ont franchi le Rhenos et se dirigent directement sur vous. Ils seront là dans deux jours. À vous de décider. Soit vous choisissez d'attendre leur venue et vous courez alors le risque que les autres nations gauloises, belges et germaines s'en aperçoivent et vous attaquent toutes ensemble, soit Sabinus et Cotta lèvent le camp et vont rejoindre celui de Cicéron chez les Nerviens ou celui de Labienus chez les Rèmes. Pour ma part, je vous fais le serment que je vous laisserai le passage libre sur mes terres, sans vous faire le moindre mal.

– Pourquoi fais-tu cela? demanda Caïus Arpineius, intrigué par le discours d'Ambiorix. Tu aurais pu ne rien nous dire et laisser nos ennemis nous tomber dessus par surprise.

– Je te l'ai dit. Je paie ma dette à César et, en même temps, je soulage mon peuple qui sera trop heureux de vous voir partir, répliqua Ambiorix. Maintenant, à vous de décider.

De retour au camp, Arpineius et Junius firent leur rapport aux deux lieutenants qui commandaient les troupes.

– Hum! Même s'il vient d'un ennemi, le conseil d'Ambiorix n'est pas à négliger, déclara Sabinus.

– Je trouve vraiment étrange que la nation la plus faible de Gaule ait osé se soulever, répondit Cotta. Cela cache quelque chose.

– Soumettons l'affaire au conseil, ce sera plus sage ! proposa Sabinus.

Lorsque les deux lieutenants eurent rapporté les paroles du roi éburon au conseil formé par les tribuns et les centurions de haut rang, une vive discussion éclata. Certains des membres du conseil se rangèrent à l'avis de Lucius Auruncleius Cotta, qui préconisait d'agir avec prudence et de ne pas quitter les quartiers sans l'ordre de César.

– Même si les Germains qui nous foncent dessus sont nombreux, il sera plus facile de les combattre dans un camp retranché que sur la route, expliqua le lieutenant. Nous ne manquons pas de vivres, nous pourrons tenir longtemps et nous pourrons toujours demander du secours aux camps les plus proches.

Quintus Titurius Sabinus se leva et s'écria :

– Il sera trop tard pour agir lorsque les Germains seront sur nous, surtout si les autres oppida sont aussi en mauvaise position. On ne pourra guère attendre de secours d'eux. César est sûrement rentré en Italie maintenant, sinon les Carnutes n'auraient pas osé tuer Tasgetios… et les Éburons ne nous traiteraient pas avec autant de mépris. De toute façon, s'il n'y a effectivement rien à craindre, nous serons tout aussi bien avec Cicéron ou Labienus et si, effectivement, les Germains, les Belges et les Gaulois passent à l'attaque, nous ne devrons notre salut qu'à notre rapidité d'action. Si nous écoutons Cotta, surtout si le siège de nos ennemis est long, nous aurons plus à redouter de la famine que des armes.

– Non. Tu as tort, Quintus Titurius, poursuivit Cotta. Nous sommes plus en sécurité ici que nulle part ailleurs.

– Cotta a raison ! crièrent une dizaine de centurions.

– Ah… faites ce que vous voulez ! laissa tomber Quintus Titurius Sabinus. Pour ma part, je vous le dis, je n'ai pas peur de la mort, mais s'il survient un malheur, vous devrez rendre des comptes à César. Si vous le voulez, dans deux jours, nous nous unirons aux camps voisins et, avec eux, nous aurons beaucoup plus de chances de remporter la victoire. Au lieu de quoi, vous préférez être isolés, exposés à périr par le fer ou par la faim. C'est votre choix !

Les deux lieutenants se levèrent pour quitter le conseil, mais furent aussitôt entourés par les commandants de cohortes et les centurions qui voulaient les retenir pour poursuivre le débat.

– Ne laissez pas vos *ego* démesurés et votre entêtement nous diviser, intervint un centurion. La décision est facile à prendre : soit nous restons, soit nous partons !

La discussion se prolongea toute la nuit. Finalement, excédé et fatigué, Lucius Aurunculeius Cotta abandonna la partie. Le départ fut fixé au lever du jour.

Cette nuit-là, personne ne dormit. Il fallait déterminer si les hommes devaient emmener tout leur équipement ou abandonner une partie de leurs effets derrière eux. Certains légionnaires murmuraient qu'on n'avait jamais vu des Romains se fier à l'avis d'un ennemi pour prendre une décision aussi importante que l'abandon d'un camp d'hiver.

Constatant l'agitation qui régnait dans l'oppidum romain, les deux chefs éburons Ambiorix et Catuvolcos comprirent que leur ruse avait fonctionné au-delà de leurs espérances. Ils mirent sur pied une embuscade dans les bois, à environ deux mille pas* du camp, dans la vallée d'Aduatuca, et attendirent patiemment.

Au lever du jour, la plus grande partie de la colonne romaine s'engagea dans une grande vallée, très profonde et recouverte de bois. Les fantassins avançaient plus rapidement à pied que les cavaliers ibères qui durent descendre de cheval et tenir leurs montures par les rênes.

– Patience ! murmura Ambiorix à ses hommes qui piaffaient d'impatience. Attendons encore ! Aussitôt que Catuvolcos apparaîtra sur les hauteurs de l'autre côté de la vallée, nous leur tomberons dessus.

Une quinzaine de minutes plus tard, les silhouettes des hommes de Faucon de combat se dressèrent au sommet des collines. Alors, Ambiorix lança ses guerriers à l'assaut. Les deux rois fondirent comme des oiseaux de proie sur les Romains en contrebas, empêchant l'avant-garde de venir au secours de l'arrière-garde et obligeant leurs ennemis à se battre sur un terrain défavorable.

Quintus Titurius Sabinus, surpris, se mit à courir en tout sens de l'avant vers l'arrière pour mieux disposer ses cohortes, distribuant ordres et contre-ordres sur un ton paniqué. Voyant cela, Lucius Aurunculeius Cotta prit d'office le commandement comme un véritable général et tenta d'exhorter ses soldats tout en combattant lui-même. Toutefois, la colonne de huit mille hommes s'était étirée sur une longue file, et il était bien difficile aux deux lieutenants de tout faire et de veiller à ce que les hommes soient bien déployés. Les cavaliers ne disposaient pas d'assez de place pour manœuvrer. Les chevaux ruaient et piétinaient les légionnaires qui n'avançaient pas assez vite.

– Abandonnez les bagages ! hurla Cotta. Formez un cercle !

Voyant que les Romains renonçaient à prendre leurs chariots qui contenaient leurs vivres et se débarrassaient de tout ce qui ne constituait pas une arme, les Belges d'Ambiorix et de Catuvolcos redoublèrent d'ardeur.

– Ils ont peur ! répétait le Roi de l'habitat à ses troupes pour les motiver.

– Regardez, ils sont désespérés ! se moquait Faucon de combat.

Les Romains, ne sachant plus à quel dieu se vouer, couraient dans tous les sens. Certains retournaient même vers les bagages pour tenter de récupérer leurs biens les plus précieux et, ce faisant, ils tombaient sur les Celtes qui les massacraient sans pitié. La plupart des serviteurs, des esclaves, des marchands et des prostituées qui accompagnaient les troupes combattantes avaient été abandonnés avec les chariots, et ils furent les premiers à succomber.

– Restez bien groupés ! Ne rompez pas les rangs ! hurla Ambiorix. Tout ce que les Romains abandonneront vous reviendra de droit. Ce sera votre butin.

– La victoire nous appartient ! beuglèrent les Belges.

– Attention, ne vous approchez pas trop ! Lancez vos javelots de loin, fit Ambiorix en retenant un groupe de jeunes guerriers qui avaient tendance à se montrer trop téméraires.

Une cohorte de huit cents hommes se détacha de la colonne romaine et essaya de s'élancer vers les hommes de Catuvolcos ; aussitôt, les Belges s'enfuirent. Cette tactique, mise au point par les deux rois, se révéla très efficace. Une fois que le flanc droit de la colonne fut privé de la muraille de protection que formait la cohorte, les guerriers d'Ambiorix n'eurent plus qu'à attaquer ce côté dégarni. Voyant cela, Sabinus rappela son détachement, mais il était trop tard: il fut rapidement submergé par un flot d'ennemis qui le tailla en pièces. La même opération se répéta à plusieurs reprises. Les deux lieutenants n'arrivaient pas à veiller à tout sur le champ de bataille. Les tribuns et les centurions, voyant une cohorte sortir des rangs, croyaient que celle-ci agissait sur un ordre de Sabinus ou de Cotta, et ils envoyaient leurs propres hommes en avant. Chaque fois, les Belges avaient le dessus. En quatre heures, des milliers de Romains perdirent la vie ou furent atrocement blessés.

– Cotta! hurla tout à coup le centurion de haut rang Titus Balventius en tombant, les deux cuisses traversées par une tragule, un petit javelot léger propulsé de loin à l'aide d'une lanière de cuir.

Le lieutenant pivota et une pierre de fronde lui frappa durement le front. Lorsque Quintus Titurius Sabinus vit tomber Lucius Aurunculeius Cotta, le désespoir le gagna. Penché sur le corps de son compagnon gravement blessé, il tenta de le réconforter en l'assurant que la victoire était à portée de main et que, bientôt, il pourrait être soigné et sauvé.

Mais ses paroles sonnaient faux, et Cotta ne fut pas dupe.

Les yeux remplis de larmes, Sabinus releva la tête et aperçut Ambiorix qui regroupait sa troupe autour de lui. Le lieutenant romain avisa alors Cnéius Pompéius ; le jeune homme parlait parfaitement la langue des Belges.

– Rends-toi auprès d'Ambiorix et dis-lui que nous reconnaissons notre défaite. Prie-le de nous épargner la vie.

Cnéius Pompéius se hâta d'aller porter le message de son chef.

– Si Titurius Sabinus veut discuter, j'accepte ! répondit le chef des Éburons. Je pense que mes guerriers consentiront à vous laisser la vie sauve…

Cnéius Pompéius rapporta rapidement la réponse d'Ambiorix.

– Qu'en penses-tu, Cotta ? fit Sabinus en s'adressant au lieutenant blessé, gisant au pied d'un arbre. Quittons le combat ! Cela sauvera notre vie et celle de tous nos hommes…

– Jamais je ne me rendrai à un ennemi en armes ! répondit Lucius Aurunculeius Cotta en gémissant et en tentant de se relever malgré la douleur.

Titurius Sabinus secoua la tête. Sa décision était prise. Il allait négocier avec Ambiorix. Laissant Cotta parmi ses légionnaires, il se dirigea, en compagnie de quelques tribuns militaires et d'un centurion, vers Aduatuca, où le Roi de l'habitat et Faucon de combat s'étaient repliés en attendant sa reddition. Le Romain et ses soldats laissèrent tomber leurs armes aux pieds des deux Belges, tandis qu'Ambiorix s'avançait lentement vers eux pour discuter des conditions de la capitulation.

Les Romains ne se méfièrent pas des milliers de guerriers qui les entouraient et qui finirent par les encercler complètement. Brusquement, un hurlement puissant monta des gorges des Éburons et ceux-ci se jetèrent sur Quintus Titurius Sabinus qui fut transpercé de part en part par les glaives et les javelots celtes.

Le porte-aigle Lucius Pétrosidius échappa de peu au massacre et revint en courant, poursuivi par de nombreux ennemis, vers l'endroit où Cotta tentait de motiver ses derniers hommes à résister aux Belges qui déferlaient sur eux.

Le combat dura jusqu'à la tombée de la nuit, jusqu'au moment où Lucius Aurunculeius Cotta succomba à ses nombreuses blessures. Alors, la plupart des légionnaires s'entretuèrent pour éviter de tomber aux mains des Celtes. Seuls quelques survivants réussirent à fuir à travers bois.

Plusieurs jours plus tard, ces derniers parvinrent à rejoindre le camp d'hiver de Titus Labienus chez les Rèmes et à le prévenir que la XIVe légion avait été complètement anéantie. Le Belge Ambiorix avait remporté une des plus grandes batailles de la guerre des Gaules contre les armées de César.

Chapitre 13

Pendant ce temps, dans le Connachta, Mebd ne cessait d'interroger ses druides.

– Quand allons-nous enfin pouvoir marcher sur l'Ulaidh ? Nous sommes prêts depuis quinze jours et rien ne se passe, grondait-elle en faisant les cent pas dans Emain Macha, tandis que la nuit s'écoulait paisiblement.

– Au lever du soleil ! répondirent enfin les prophètes.

Aussitôt, Mebd propagea la nouvelle du départ au sein de ses troupes.

Au premier rayon du soleil, l'armée se mit donc en route. Les guerriers avançaient rapidement, tant et si bien qu'à la tombée de la nuit, ils étaient déjà arrivés à la plaine de Moytura. Aillil fit dresser son campement au centre du camp, Fergus l'Exilé installa le sien à sa droite, et Mebd, à sa gauche. Tout autour se placèrent les autres chefs et rois d'Ériu, et même des Gaulois venus prêter main-forte au couple royal.

Cette nuit-là, Mebd fit une inspection de ses troupes, se demandant comment elle allait faire marcher ensemble des gens qui appartenaient à des tribus différentes et à des clans parfois ennemis. Il fallait que les chefs empêchent les rivalités ancestrales de se manifester. Ils s'étaient justement réunis pour décider de la suite des événements.

– Il faut envoyer un espion pour savoir ce qui se passe de chaque côté de la frontière d'Ulaidh, proposa l'un d'eux.

– Fergus l'Exilé est le mieux placé pour cela, répondit Mebd. Il vient d'Ulaidh. Il connaît chaque habitant et chaque pierre de ce pays. Confions-lui le commandement de l'avant-garde!

L'argument de Mebd convainquit tout le monde et, dès que le jour se leva, Fergus avança en tête de l'armée pour la guider vers le royaume des Ulates. Toutefois, même s'il détestait Conchobar qui lui avait volé son royaume, il était encore très attaché aux Chevaliers de la Branche Rouge. Il hésitait à lancer les armées d'Ériu contre ses anciens compagnons. Il entreprit donc de retarder l'avancée des troupes en leur faisant faire de nombreux détours. Après deux jours de marche tantôt vers le nord, tantôt vers le sud, Mebd finit par se rendre compte que Fergus les faisait tourner en rond et entra dans une violente colère.

– Où nous emmènes-tu, Fergus? Nous allons n'importe où, sauf à l'endroit où nous devrions aller.

– Calme-toi, Mebd ! répliqua l'Exilé. Ce n'est pas par trahison que je vous fais suivre cette route, mais par prudence. Nous sommes bien en Ulaidh.

– Alors, pourquoi ces tours et ces détours ? s'insurgea la reine du Connachta. Les chefs murmurent que tu fais tout pour nous égarer.

– Je cherche surtout à éviter de tomber sur Cuchulainn, martela Fergus. Tu sais très bien qu'en tant que fils de Lug, il est le seul des Ulates à ne pas être victime de cette étrange maladie qui frappe les Chevaliers de la Branche Rouge. Je suis sûr qu'il est là, quelque part, en train de nous surveiller et prêt à se battre.

– Un homme seul ! s'écria la reine. Me prends-tu pour une idiote ? Nous sommes des milliers… et tu trembles devant un homme seul. Tu ferais mieux de te concentrer sur notre but : la capture du Brun de Cúailnge.

– Un homme seul, peut-être, mais c'est un demi-dieu ! répliqua le commandant en chef.

– Tu n'es qu'un ingrat, riposta Mebd. Aillil et moi t'avons accueilli, nourri, habillé, donné les meilleures armes. Tu me déçois. Tu n'es qu'un lâche, Fergus.

Ces paroles frappèrent l'Exilé de plein fouet. Atteint dans son orgueil, le chef de guerre jeta son épée, sa lance et son bouclier aux pieds de la reine, puis s'écarta pour s'asseoir sur un rocher.

– Puisque personne ne me fait confiance, eh bien, cherchez quelqu'un d'autre pour vous guider ! cria-t-il, furieux et offensé.

Ébahis et, surtout, pris de crainte à cause des propos de l'Exilé, les guerriers d'Ériu ne savaient plus que faire. Aillil et Mebd décidèrent de camper là en attendant qu'un autre commandant soit nommé par l'assemblée des chefs. Toute la nuit, cependant, Fergus médita. Finalement, il se dirigea vers l'endroit où les hommes discutaient de ce qu'ils devaient faire le lendemain.

– Je vous préviens, il faut prendre garde à Cuchulainn, leur dit-il. Vous aurez beau tomber à des centaines contre un seul, c'est lui qui remportera la victoire. Le sang de tous les hommes d'Aillil rougira la plaine. Celui de tous les combattants de Cruachan séchera sur les pierres. Même les intrépides Gaulois ne pourront l'arrêter. Si vous voyez Cuchulainn, faites un détour.

Les guerriers écoutaient attentivement les avertissements de Fergus. Les exploits du Chien de Culann étaient renommés dans toute l'île Verte, et chacun savait que les recommandations de l'Exilé ne devaient pas être balayées du revers de la main.

– Fergus ! Pardonne-moi mes propos blessants, fit enfin Mebd. Viens avec nous. Toi seul peux calmer Cuchulainn. Tu le connais. Il a été ton élève. Il n'écoutera que toi.

L'Exilé hocha la tête. Au cours de l'heure précédente, il avait longuement réfléchi à sa position au sein de l'armée du Connachta. S'il réussissait à vaincre les Ulates, il avait peut-être une chance de retrouver sa couronne. Alors, il accepta de reprendre sa place en tête de l'armée qui se remit en marche.

Non loin de là, Cuchulainn, Sualtam, son père adoptif, et Arzhel surveillaient l'avancée des troupes venues du Connachta.

– Eh bien ! Je crois que cette armée n'a pas d'intentions bienveillantes, fit le Chien de Culann. Il faut prévenir les paysans ulates. Ils ne doivent pas rester à découvert dans les plaines. Il faut qu'ils se cachent dans les bois et dans les rochers, ou qu'ils se réfugient dans les forteresses.

– À cause de leur maladie, les Chevaliers de la Branche Rouge n'auront pas la force de les protéger et de s'opposer à ces envahisseurs, enchaîna Arzhel. Et je ne peux rien pour lever le sort qui les accable…

– Et toi, que vas-tu faire ? s'enquit Sualtam en faisant faire demi-tour à son char.

– J'ai rendez-vous avec une femme qui se nomme Macha, répondit son fils adoptif. Je lui ai promis de rester avec elle jusqu'au matin.

– Quoi ? Malheur à celui qui refuse le combat pour un rendez-vous galant, gronda Sualtam.

– Macha ! s'écria Arzhel. N'y va pas ! C'est une Dame blanche… D'ailleurs, tu le sais, puisque tu la connais depuis longtemps. Elle se fait aussi appeler Scatach la guerrière.

– Je n'ai pas le choix, répondit Cuchulainn. Scatach la guerrière m'a enseigné l'art du combat… et m'a initié à l'amour. C'est un engagement auquel je ne peux me dérober sous peine de déshonneur. Arzhel, accompagne Sualtam et faites en sorte que les paysans se mettent à l'abri. Vous ne serez pas trop de deux pour parcourir nos terres et prévenir tout le monde.

Sualtam ne répondit rien et s'éloigna en maugréant contre son fils. Arzhel hésita, mais il comprit qu'il serait plus utile, pour le moment, en cherchant à protéger les paysans qu'en suivant le Chien de Culann.

Cuchulainn, accompagné de son cocher Loeg, prit la direction du sud pour atteindre la forêt. Là, il s'approcha d'un gros chêne et, du tranchant de son épée, en sectionna une belle branche. Il la tailla et la tordit d'une seule main pour en faire un cercle sur lequel il grava des oghams. Les traits verticaux et horizontaux qu'il dessina constituaient une formule magique qui n'avait d'autre but que d'arrêter la marche des ennemis. Ensuite, il retourna à son poste d'observation, où se dressait un menhir de bonne taille. Il enfila la couronne de chêne sur la pierre levée, la faisant glisser du haut jusqu'au centre du mégalithe. Puis, satisfait, il s'en alla à son rendez-vous avec Macha.

Peu de temps après, l'armée du Connachta arriva près du mégalithe géant. Deux guetteurs, les jumeaux Err et Innell, aperçurent la couronne de chêne. Intrigués, ils la retirèrent du menhir et remarquèrent les encoches qui avaient profondément entaillé le bois. Ne sachant pas lire, ils tendirent l'objet à Aillil. Ce dernier l'examina avec attention, puis le déposa entre les mains de Fergus qui venait de le rejoindre.

– C'est un avertissement, déclara l'Exilé en remettant à son tour la couronne à Dadera, l'un des druides de Mebd.

– Que disent les oghams ? demanda le roi du Connachta.

– Rien de bon, soupira Fergus. Le Chien de Culann vous prévient qu'il déchirera vos chairs si vous osez dépasser cet endroit.

Dadera, qui n'avait cessé de tourner et de retourner la couronne entre ses mains, prit la parole :

– Cette branche a été coupée par un homme seul. Le cercle a été fait d'une seule main. Cet objet nous indique qu'un homme seul se dresse devant nous pour arrêter notre armée.

– Je vous préviens, reprit Fergus. Si vous passez outre à cet avertissement et insultez ainsi celui qui l'a fait, si vous ne dressez pas le camp pour passer la nuit ici sans plus avancer, l'homme qui a fabriqué cette couronne vous infligera une mort atroce avant le lever du soleil. À moins que quelqu'un parmi vous, qui ne possède qu'un seul œil, puisse, à son tour, fabriquer une couronne semblable d'une seule main, en se tenant sur un seul pied…

– Hum! fit Mebd. Il serait dommage de perdre la vie juste à l'entrée du royaume d'Ulaidh. Il vaut mieux faire couler le sang des Ulates que de voir le nôtre rougir la plaine.

– C'est juste! l'appuya Aillil. Il ne faut pas insulter le héros qui a écrit cet avertissement. Allons passer la nuit dans les bois. Si, au petit matin, il ne s'est pas montré, alors nous considérerons qu'il nous a accordé la permission d'entrer en Ulaidh.

Les guerriers des quatre provinces de l'île Verte s'installèrent dans la forêt. Mais, au cours de la nuit, la neige se mit à tomber abondamment, et les combattants ne purent trouver le sommeil au cœur de la tempête qui soufflait avec vigueur. Lorsque, enfin, le soleil se leva, le paysage était d'une blancheur éclatante qui faisait mal aux yeux. Les chefs de guerre de la coalition donnèrent l'ordre de se remettre en route au plus vite et de se diriger vers l'intérieur du royaume d'Ulaidh, où ils espéraient trouver des villages qu'ils pourraient prendre et où ils pourraient s'installer plus confortablement.

Dans la cabane où il avait retrouvé Macha, Cuchulainn se leva tard… et seul. Une fois certaine que le héros dormait profondément et ne pourrait pas revenir combattre les armées d'Aillil et de Mebd avant le lever du soleil, la sorcière lui avait faussé compagnie.

Le Chien de Culann s'étira langoureusement sur sa couche recouverte de peaux d'ours. Puis, une fois bien réveillé, il piqua une tête dans la rivière voisine pour se rafraîchir avant de se restaurer de la nourriture que Macha avait disposée pour lui dans un coin de la hutte. Finalement, Loeg, son cocher, attela les deux chevaux magiques, le Gris de Macha et le Noir de la Vallée Sans Pareille, et ils repartirent à toute allure vers le nord en faisant lever la terre d'Ériu sous leurs sabots. En arrivant près du menhir où il avait déposé la couronne de chêne, Cuchulainn distingua, dans la neige fraîche, les traces de chars, de chevaux et de pieds laissées par ses ennemis.

– Ah ! Je n'aurais pas dû aller à ce rendez-vous, soupira Cuchulainn. J'ai manqué à mon devoir de gardien des frontières. J'aurais dû avertir les miens par un cri, un signal… Mais je n'ai rien dit. Et voilà que les troupes d'Ériu nous ont devancés et sont maintenant entrées en Ulaidh.

– Je t'avais prévenu que ce rendez-vous était un piège, répondit Loeg.

– Rien n'est perdu, mon ami ! Suivons les traces… Dis-moi, à ton avis, combien y a-t-il de guerriers dans cette armée ?

Loeg descendit du char, puis examina attentivement les traces, vers l'avant, vers l'arrière…

– Je ne parviens pas à le déterminer, soupira le cocher. Les traces se coupent et se recoupent, et j'en perds le compte.

– Laisse-moi compter ! fit Cuchulainn en sautant à son tour à bas de son véhicule.

Les yeux fixés au sol, il comptait mentalement lorsque Loeg l'interrompit :

– Toi aussi, tu t'emmêles…

– Pas du tout ! répliqua le Chien de Culann. Je peux te dire que les troupes de Mebd et d'Aillil sont disposées en dix-huit groupes de trois cents… dont des Gaulois qui se sont mêlés aux hommes d'Ériu.

Car, en plus de tous les dons de guerrier dont il disposait, il avait aussi celui de pouvoir évaluer le nombre d'ennemis en lisant l'empreinte de leurs pas.

– Allez, Loeg, lançons les chevaux et tombons sur nos ennemis… Que ce soit sur leur avant-garde, sur leur arrière-garde ou sur les flancs, je te le jure, avant cette nuit, je ferai un carnage parmi eux.

Ils partirent à toute vitesse, tant et si bien qu'à leur insu ils dépassèrent l'armée du Connachta. Arrivant près d'une rivière bordée de quelques arbres, Cuchulainn se précipita sur un hêtre et en coupa une longue branche qu'il tailla en forme de fourche à quatre dents dont il brûla les extrémités. Au même moment arrivèrent Err et Innell, les deux guetteurs de Mebd. Voyant cet Ulate seul et occupé, ils décidèrent de l'attaquer.

Cuchulainn était en train de graver, en caractères oghamiques, une malédiction sur la hampe de la fourche. Quand ce fut fait, il la lança derrière lui. Elle se ficha au milieu du gué de la rivière, s'enfonçant aux deux tiers entre les pierres, juste sous le nez d'Err et d'Innell. Du coin de son œil unique, Cuchulainn avait aperçu les deux frères ; il fit un bond prodigieux, tourbillonna un instant dans les airs et abattit finalement son épée sur le cou des deux guetteurs et de leurs deux cochers. Il installa ensuite les têtes décapitées sur les pointes de sa fourche. Après quoi, il déposa les dépouilles sanglantes dans les deux chars et fouetta les chevaux pour les renvoyer vers les envahisseurs.

Lorsque Mebd et Aillil virent revenir les corps de leurs éclaireurs, ils sentirent la crainte s'insinuer en eux. Assurément, les Ulates n'étaient plus malades pour avoir ainsi décapité deux de leurs meilleurs hommes. Ils envoyèrent Cormac Conlongas, fils de Conchobar, en avant pour voir ce qui se passait. Lorsque le jeune homme parvint au gué de la rivière, il vit la fourche et les quatre têtes. Il revint précipitamment vers l'armée pour raconter ce qu'il avait découvert. Lorsqu'ils furent à leur tour parvenus au gué, Fergus et Dadera examinèrent la malédiction gravée sur la hampe et comprirent à qui ils avaient affaire.

– Un seul homme a taillé cette fourche d'une seule main et, tant qu'elle restera fichée dans le gué, il sera impossible de franchir la rivière, avertit l'Exilé. À moins qu'un homme seul ne puisse l'arracher d'une seule main…

– Eh bien, puisque tu le suggères, à toi l'honneur ! fit Mebd. Arrache cette fourche d'une seule main.

Fergus grimpa dans un char et s'élança. Mais il ne parvint pas à faire bouger la fourche. Au contraire, il fut tellement secoué lui-même que son char se brisa sous lui. Furieux, Aillil l'incita à recommencer. Et ainsi, dix-sept fois de suite, Fergus tenta d'ôter la fourche et brisa dix-sept chars. On lui amena finalement le sien et, redoublant d'ardeur, l'Exilé attrapa la fourche. Cette fois, elle se retira sans problème, ce qui distilla de la suspicion dans les pensées de Mebd.

– Tu es un traître, Fergus. Tu as fait exprès de briser nos chars afin de nous retarder…

L'Exilé ne répondit rien et s'éloigna vers ses hommes qui, déjà, s'étaient installés pour passer la nuit au bord de la rivière.

– C'est bon ! fit Aillil pour apaiser les tensions au sein des troupes. Nous dormirons ici. La nuit dernière a été épouvantable et nous devons prendre du repos.

Je me demande bien qui nous défie ainsi ! soupira le roi. Peut-être est-ce Conchobar lui-même… ou son fils. À moins que ce ne soit Connall Cernach ou Loégairé.

– Certainement pas ! intervint Fergus qui s'était approché pour assister au conseil des chefs. Un seul homme est capable de toutes ces prouesses… c'est le Chien de Culann. Il n'existe aucun guerrier plus audacieux que lui !

– Oui. Ses exploits sont connus de tous ! admit Mebd. Mais nul n'est invincible, pas plus Cuchulainn qu'un autre.

– Le petit garçon qui a battu le chien du forgeron quand il n'avait que cinq ans est donc devenu un guerrier si terrible que personne ne veut l'affronter, soupira Aillil.

Bien caché parmi les bois, le Chien de Culann entendait ce qui se disait sur lui et il souriait de voir que la crainte avait envahi ses ennemis à la simple mention de son nom.

Pendant que ceux-ci s'installaient pour camper, il se déplaça un peu plus vers le nord. Puis, ayant trouvé au sommet d'une colline un vieux et très haut chêne qui se découpait en surimpression sur le ciel bleu, il y grava d'autres oghams. Cette fois, il défiait quiconque de sauter avec son char par-dessus l'arbre, d'un seul bond…

Lorsque, le lendemain, l'armée arriva à cet endroit, Dadera lut l'inscription et en avertit la reine et le roi. Aussitôt, plusieurs guerriers furent désignés pour tenter de franchir l'obstacle. Trente chevaux et autant de chars furent anéantis dans l'opération. En rage, Mebd convoqua l'époux de sa fille Finnabair.

Fraech était le fils de Befin, la sœur de Boann, la première épouse de Dagda. Le jeune guerrier appartenait donc à moitié au peuple des Gaëls et à moitié aux Tribus de Dana.

– Tu es certainement capable de nous délivrer de ce maudit Cuchulainn, le pressa Mebd. C'est un demi-dieu comme toi, tu peux sûrement quelque chose contre lui.

– Je ferai de mon mieux, promit le jeune homme en s'éloignant vers le nord avec quelques compagnons.

Il n'eut pas à aller bien loin. Il aperçut le Chien de Culann qui batifolait dans l'eau.

– Restez ici ! dit Fraech à ses guerriers. Vous ne pouvez rien contre cet homme. Moi, par contre, je peux le vaincre.

Il s'avança dans la rivière et invectiva Cuchulainn. Ce dernier se retourna et accepta le combat qu'on lui proposait. Il ne fallut guère de temps au chien du forgeron pour venir à bout de son adversaire. Ce dernier refusa cependant de s'avouer vaincu. Alors, Cuchulainn lui enfonça la tête sous l'eau et le noya.

Lorsque l'armée arriva à l'endroit où reposait le corps de Fraech, Fergus comprit que son ancien compagnon des Chevaliers de la Branche Rouge allait les éliminer un à un, même si cela devait prendre des mois. Alors, il fit faire demi-tour à son cheval, puis le lança à pleine vitesse en direction du grand chêne. Puis, dans un effort surhumain, il réussit à sauter par-dessus l'immense arbre, amenant son char à le franchir d'un bond. Cuchulainn, qui avait assisté à l'exploit de l'Exilé, apprécia le spectacle. Son maître était toujours aussi habile.

Mebd vint féliciter Fergus et lui dit :

– Dis-moi… une rumeur court parmi les hommes. Il paraît que Cuchulainn a menacé de me chauffer les oreilles. Je veux voir s'il va tenir parole et oser m'approcher.

Elle fit donc avancer son char en tête lorsque les guerriers d'Ériu dépassèrent le chêne. Mais elle n'avait pas fait cent pas qu'une pierre de fronde lui frôla l'oreille droite et abattit l'oiseau de compagnie qui était perché sur son épaule. Puis, aussitôt, une seconde pierre effleura son oreille gauche et tua le petit furet qu'elle tenait de ce côté. Cette fois, Mebd comprit que Cuchulainn avait bel et bien tenu sa promesse : il venait effectivement de lui chauffer les oreilles.

Non loin de là, le Brun de Cúailnge, ne se doutant pas qu'il était l'enjeu d'une guerre entre deux royaumes, était en train de paître dans son champ avec les cinquante génisses qui l'accompagnaient toujours. Morrigane, la déesse des Champs de bataille, apparut sous la forme d'une corneille et vint se percher sur un petit muret de pierres sèches.

– Beau Brun, croassa-t-elle, les hommes d'Ériu te cherchent partout. Je te conseille de rentrer au plus vite dans ton étable, dans le domaine de Dairé.

L'armée était en effet en train de passer dans la plaine de Muirthemné, le domaine de Cuchulainn. Les guerriers, exaspérés par le Chien de Culann qui apparaissait et disparaissait aussi vite en tuant plusieurs d'entre eux, détruisirent tout sur leur passage. Ils pillèrent les villages que Sualtam ou Arzhel n'avaient pas encore pu prévenir, tuèrent les hommes, les femmes et les enfants, et emportèrent les troupeaux.

Lorsque Mebd apprit quelles exactions avaient été commises en son nom, elle laissa éclater sa fureur. Elle avait demandé qu'on lui amenât le Brun de Cúailnge, pas qu'on lui livrât toutes les bêtes à cornes du royaume.

Les guerriers se dispersèrent de nouveau et se mirent à la recherche du magnifique taureau qui excitait tant la convoitise. Ils finirent par le cerner alors qu'il s'approchait du domaine de Dairé. Mais l'animal, averti par Morrigane, n'était pas d'humeur à se laisser faire. Il encorna tous ceux qui tentèrent de lui passer un licol, et plusieurs dizaines d'hommes payèrent cet affront de leur vie.

– Il ne faut pas le blesser ! cria Mebd en lançant son char à la suite des hommes qui couraient derrière la bête.

Déjà, Grannus se couchait, et le Brun parvint à franchir la rivière. Une centaine d'hommes se précipitèrent à ses trousses pour tenter de l'empêcher de trouver refuge dans le domaine de Dairé, mais brusquement la pluie se mit à tomber à verse. Sur l'autre rive, caché derrière un gros rocher, Arzhel, les bras levés au ciel, invoquait les dieux en psalmodiant des formules magiques destinées à gonfler les eaux. Alors, la rivière qui semblait peu profonde se transforma soudain en un torrent furieux qui balaya de sa rage surnaturelle les hommes, les chars et les chevaux qui s'étaient aventurés dans son lit.

– Quand ce n'est pas ce maudit Cuchulainn, c'est la nature qui se déchaîne, gronda Aillil. Je me demande si toute cette aventure en vaut vraiment la peine.

Dépités, les survivants firent demi-tour et retournèrent au camp. Certains maugréaient contre leur manque de chance, tandis que d'autres, croyant au mystérieux et à l'inexpliqué, murmuraient que l'épisode de la rivière n'était pas naturel: une force obscure était à l'œuvre pour les empêcher d'effectuer la capture de ce damné taureau.

Le lendemain fut une journée encore plus désastreuse. En voulant affronter Cuchulainn qui ne cessait de les provoquer, nombre de vaillants guerriers perdirent la vie.

Après plusieurs journées et plusieurs nuits pendant lesquelles le Chien de Culann préleva un lourd quota de vies parmi ses combattants, Mebd se décida à proposer un marché à Cuchulainn. Elle fit venir Fiachu, l'un des Ulates exilés qui avaient accompagné Fergus et Cormac Conlongas, et lui confia un message pour le Chien de Culann.

Le messager se hâta vers la résidence du Chevalier de la Branche Rouge qui, autrefois, était l'un de ses amis.

– Mebd te propose de te verser des compensations pour les torts causés aux Ulates et à toi-même. Elle t'offre de venir à Cruachan et de te prendre à son service. Ce sera plus avantageux pour toi que de servir un petit seigneur…

En entendant ces derniers mots, Cuchulainn éclata de fureur. Comment Mebd pouvait-elle traiter Conchobar de petit seigneur, lui qui était le meilleur roi qu'Ulaidh ait jamais eu ?

Sentant que ses paroles avaient insulté son hôte, Fiachu ajouta qu'il n'avait fait que transmettre les mots mêmes de Mebd et qu'il n'y était absolument pour rien dans leur formulation.

– Retourne près d'elle, mon ami. Et dis-lui bien que jamais je ne trahirai le frère de ma mère Dechtiré.

Cette nuit-là, pour apaiser sa fureur, Cuchulainn attaqua le camp de l'armée d'Ériu et massacra plusieurs centaines de guerriers.

Chapitre 14

Après Fiachu, ce fut au tour du messager officiel de Mebd de tenter une médiation auprès de Cuchulainn.

Mac Roth se rendit chez le Chien de Culann et lui apporta une nouvelle offre. On lui remettrait les meilleurs troupeaux de vaches laitières du Connachta, ainsi que toutes les femmes esclaves qui accompagnaient l'armée. En échange, il acceptait de déposer sa fronde et son javelot, de ne pas se servir de la Gae Bolga de jour, et de laisser les guerriers dormir la nuit.

Mais, encore une fois, le chien du forgeron rejeta cette offre en se moquant des propositions de Mebd. La reine ne savait plus que faire pour convaincre Cuchulainn de les laisser passer.

– Le Chien de Culann a ajouté qu'il y a parmi nous un homme qui saura sûrement ce qu'il exige, rapporta Mac Roth. Il permet à cette personne de nous le révéler. Dans le cas contraire, il a mentionné qu'il était inutile de lui envoyer d'autres messagers, car il n'acceptera rien d'autre que les conditions qu'il a en tête.

Mebd comprit à qui l'Ulate faisait référence et se tourna vers Fergus :

– Dis-nous ce qu'il veut.

– Je crois que vous pourrez le contenter si, chaque jour, un homme de l'armée accepte de se battre contre lui, répondit Fergus. Pendant qu'il sera occupé à tuer ce combattant, les troupes pourront avancer. Mais l'armée devra s'arrêter dès que l'homme sera mort. Pendant toute la durée de l'expédition, il faudra aussi lui fournir à manger et de quoi se vêtir.

– C'est inadmissible ! éclata Aillil.

– Peut-être pas…, fit Mebd qui réfléchissait à toute vitesse. Je crois qu'il vaut mieux perdre un guerrier chaque jour plutôt que cent par nuit. Fergus, à toi l'honneur d'aller conclure cette entente avec Cuchulainn.

– Puis-je t'accompagner ? s'écria alors un jeune homme du nom d'Étarcomol.

– Ce n'est pas une bonne idée, répliqua l'Exilé. Tu ne connais pas la férocité guerrière de Cuchulainn. Tu ne ferais pas le poids devant lui. Et je suis sûr que vous finiriez par vous battre…

– Ne pourras-tu t'interposer ? demanda le jeune fanfaron.

– Seulement si tu me le demandes, répondit Fergus.

– Je ne demande jamais rien, répondit le guerrier, défiant son aîné du regard.

Fergus soupira en levant les yeux au ciel en se disant que, décidément, la jeunesse ne doutait de rien, puis il quitta le camp, Étarcomol sur les talons.

Ils trouvèrent Cuchulainn en train de jouer au fidchell* avec son cocher. Fergus sauta à bas de son char et s'élança vers son élève. Ils se jetèrent dans les bras l'un de l'autre.

– Je suis heureux de te revoir, mon maître ! fit Cuchulainn. Que me vaut l'honneur de ta visite ?

– Je viens simplement te dire qu'Aillil et Mebd acceptent ta proposition. Chaque jour, un guerrier viendra te rejoindre au gué de la rivière. En échange, tu t'engages à laisser les hommes d'Ériu dormir la nuit et avancer pendant le combat.

– Tu as ma parole ! fit Cuchulainn.

– Bien. Maintenant, je dois repartir, car je ne voudrais pas que l'on m'accuse de trahir les hommes d'Ériu en discutant trop longtemps avec toi.

Fergus serra une fois encore son compagnon dans ses bras, remonta dans son char et s'éloigna. Toutefois, Étarcomol continuait de fixer l'Ulate de ses grands yeux bleus, avec cette témérité et cet air de défi qui caractérisent les adolescents.

– Qu'est-ce que tu regardes comme ça ? l'interpella Cuchulainn en sentant le regard du jeune homme dans son dos.

– Toi ! fit le garçon.

– Méfie-toi ! railla Cuchulainn. La bête curieuse que tu regardes est en colère et risque bien de te mordre. Et quelle impression te fais-je ?

– Bonne, répondit Étarcomol. Tu es bel homme, fort, bien bâti. Tu es habile et hardi… mais pour moi, tu n'es qu'un guerrier comme les autres que j'aurai plaisir à combattre.

– Tu es en sécurité parce que tu es venu avec Fergus et que ta qualité de messager te protège, mais ne pousse pas cet avantage trop loin, le prévint le Chien de Culann. Si tu ne retournes pas tout de suite à ton camp, je t'y renverrai les os broyés et la tête coupée.

– Tu viens de conclure un accord avec Fergus, répondit le jeune guerrier. Un homme doit te combattre chaque jour au gué de la rivière… Sache bien que je serai le premier à t'y attendre demain !

– À demain, donc ! ricana Cuchulainn en retournant finir sa partie de fidchell.

En repartant vers son camp, Étarcomol se mit à penser à voix haute :

– Je me demande si je dois attendre à demain… Peut-être ferais-je mieux de me débarrasser de Cuchulainn tout de suite.

– Tu es bien sûr de toi, répondit son cocher. Et, surtout, tu sembles avoir bien hâte de perdre la vie…

Étarcomol, fouetté par les paroles du conducteur de son char, lui ordonna de faire demi-tour.

– Plus tôt je ramènerai la tête de ce chien, plus vite on me confiera un commandement dans l'armée.

Loeg, qui jouait en faisant face à la plaine, aperçut la poussière soulevée par le char d'Étarcomol et avertit Cuchulainn du retour de l'insolent. Le Chien de Culann se leva et, d'un pas tranquille, se dirigea vers le gué de la rivière pour y attendre le jeune homme qui arriva quelques secondes après lui.

– Tu cherches à me provoquer, mon garçon ! Ce n'est pas bien. Tu es sous la protection de Fergus…

– Je ne m'en irai pas ! s'entêta Étarcomol en levant son épée.

Alors, Cuchulainn leva la sienne et l'abattit si vite que le garçon n'eut pas le temps de voir la lame passer devant ses yeux. Le Chien de Culann coupa une motte de terre sous les pieds de l'insolent, et celui-ci tomba à plat ventre dans la poussière.

– Ce n'était qu'un avertissement ! Va-t'en !

– Non. Je ne partirai pas !

Alors, le tranchant de l'épée du Chien de Culann effleura le crâne du garçon et lui rasa proprement les cheveux sans lui faire une seule égratignure.

– Maintenant, ça suffit ! Va-t'en !

– Non, s'entêta le jeune homme.

– Écoute, ton honneur est sauf ! Tu m'as provoqué, j'ai répondu ! Tu peux partir, tu n'as rien à prouver, fit Cuchulainn, compréhensif.

– Il n'en est pas question ! Je suis venu pour me battre et je me battrai…

Alors, Cuchulainn bondit à plus de quatre coudées dans les airs et abattit son épée sur le malheureux garçon, fendant son corps en deux de la tête aux pieds. Les deux parties restèrent quelques secondes debout avant de s'écrouler.

Le cocher du jeune téméraire avait, entre-temps, rejoint Fergus et l'avait prévenu de ce qui se passait. Mais lorsque l'Exilé arriva au gué, il était trop tard pour arrêter le bras de son ancien élève. Il ne lui restait plus qu'à ramener le cadavre de l'infortuné garçon auprès des siens, au sein de l'armée.

La nuit même, le chien du forgeron tint sa parole et laissa les guerriers ennemis dormir en paix. Le lendemain, à la première heure, Nathcrantail, un autre jeune guerrier de la maison de Mebd, sortit du camp en cachette et vint retrouver Cuchulainn au gué. L'homme n'avait pas pris d'arme, seulement des épieux de houx taillés. Il trouva le Chien de Culann occupé à chasser. Il lui lança un épieu, que l'Ulate évita en faisant le saut du saumon. À une vingtaine de reprises, Nathcrantail lança un épieu, mais, chaque fois, le chien du forgeron bondissait par-dessus. Il montait d'ailleurs si haut qu'il frôlait les oiseaux, et bientôt il se mit à vouloir les capturer à mains nues. Mais constatant que le tapage de Nathcrantail dérangeait les volatiles et les poussait à quitter les lieux, il se propulsa plus haut et plus loin pour chasser en paix. Voyant que son ennemi suivait le vol des oiseaux, le guerrier du Connachta retourna tout heureux auprès de Mebd et raconta à tous que Cuchulainn s'était enfui.

– Ah, ah ! Je le savais bien, ricana Mebd, que ce chien ne pourrait résister aux meilleurs d'entre nous.

De son côté, Fergus fronçait les sourcils. Ce n'était pas dans les habitudes de son élève de refuser le combat. Il envoya Fiachu voir ce qui se passait. Cuchulainn, étonné, demanda qui était l'impudent qui l'avait accusé d'avoir fui. Fiacha lui rapporta les vantardises de Nathcrantail.

– Voyons, ce garçon n'était pas armé ! fit Cuchulainn. Je ne me bats pas contre des esclaves, des serviteurs, des cochers, des paysans et des gens désarmés. Dis-lui de venir me retrouver demain matin, et nous verrons lequel de nous deux sortira vainqueur.

Le lendemain, Cuchulainn, adossé à un menhir au bord de la rivière, était en train de se demander ce qu'il faisait là, tout seul, face à l'armée d'Ériu tout entière, pendant que ses compagnons de la Branche Rouge geignaient dans leur lit, encore sous le coup du mauvais sort qui les accablait. Frissonnant dans l'air matinal, il jeta son manteau sur ses épaules.

Ce faisant, il enveloppa le mégalithe auquel il était appuyé.

– Me voici ! hurla Nathcrantail en déboulant dans la plaine.

Mais il pila net en découvrant Cuchulainn. Il se retourna vers Cormac Conlongas qui avait choisi de l'accompagner pour être témoin du combat et lui dit :

– Ce n'est pas le guerrier que j'ai vu hier ! Il n'a pas le même aspect… il est beaucoup plus… gros !

– C'est pourtant bien Cuchulainn ! répondit le fils de Conchobar.

Le jeune guerrier de Mebd lança donc son javelot en direction du Chien de Culann. L'arme se brisa sur le mégalithe de pierre dissimulé par le manteau. Nathcrantail ouvrit des yeux hagards. Comment le corps de son adversaire pouvait-il être si dur ?

Cuchulainn ne le laissa guère s'interroger plus longtemps. Il bondit sur ses pieds et lui asséna un fulgurant coup d'épée qui le coupa en deux. Aussitôt, Cormac Conlongas emporta le corps. Le combat avait duré si peu de temps que l'armée d'Ériu n'avait pu avancer que de quelques pas dans la forêt. Cuchulainn décida d'aller la rejoindre pour voir ce que Mebd et Aillil mijotaient. Il traversait un champ cultivé lorsqu'il tomba, par hasard, sur quatre-vingts guerriers qui tentaient de forcer le Brun de Cúailnge et ses cinquante vaches à avancer.

– Où avez-vous eu ce taureau ? fit le Chien de Culann en se dressant devant eux.

– Là-bas, de l'autre côté de la colline, répondit le chef du groupe en désignant la direction du domaine de Dairé.

– Qui es-tu ? l'interrogea Cuchulainn.

– Buide du Connachta. Je ne t'aime pas et je ne te crains pas…

Le Chien de Culann esquissa une moue moqueuse et lança un petit javelot en direction du guerrier. L'arme frôla le bouclier, mais le geste du chien du forgeron avait été si vif que Buide n'était pas parvenu à remonter son écu assez vite devant sa poitrine pour se protéger. Le javelot entra dans son corps à la hauteur de sa poitrine. Cuchulainn se détourna de Buide et, avec stupeur, constata que, pendant qu'il s'en prenait à cet homme, les autres guerriers avaient réussi à emmener le Brun de Cúailnge et ses cinquante génisses au sein même du camp de Mebd et d'Aillil. Il ressentit une telle honte de s'être ainsi fait surprendre qu'il demeura prostré à l'endroit même où il avait livré son dernier combat. Même Loeg ne sut quoi faire pour le tirer de sa mélancolie. Cuchulainn s'accusait de n'avoir pas su protéger le bien le plus précieux des Ulates.

Pendant ce temps, en Gaule, Maponos l'archidruide était, lui aussi, entré dans une violente colère. Iorcos lui avait appris que les Éburons s'en étaient pris aux Romains, malgré les ordres qu'il avait donnés de ne rien faire tant que Vercingétorix ne serait pas prêt à passer à l'action.

Enivré par sa victoire relativement facile contre la XIVe légion, le roi des Éburons s'était lancé dans une croisade contre les envahisseurs. Il s'était rendu en personne chez ses voisins, les Atuatuques et les Nerviens, pour les convaincre de se joindre à lui afin d'attaquer le camp de Cicéron. Sûr de lui, le Roi de l'habitat dépêcha même des messagers auprès de petites tribus belges comme les Centrons, les Geidumnes, les Pleumoxii et les Lévaques.

Cependant, la tournure des événements ne fut pas aussi favorable aux Celtes cette fois. Voulant user du même procédé que celui utilisé par Ambiorix avec Cotta et Sabinus, les chefs de guerre des Nerviens se rendirent auprès de Cicéron. Ils lui dirent que toute la Gaule était en armes et que cela ne servait à rien de résister. Ils racontèrent comment Ambiorix avait exterminé la XIVe légion. S'il ne voulait pas que ses hommes connaissent le même sort, il devait déguerpir dans les plus brefs délais. Mais le lieutenant ne s'y laissa pas prendre.

– Ce n'est pas l'habitude du peuple romain d'accepter les conditions d'un ennemi armé, répliqua Cicéron. Déposez les armes, et je vous promets d'envoyer des ambassadeurs à César afin que vous puissiez lui soumettre vos griefs*.

Voyant que leur avertissement et leurs mensonges étaient sans effet sur le lieutenant, les Belges décidèrent d'enfermer les Romains dans l'oppidum qu'ils occupaient. En trois jours, ils érigèrent de hautes palissades de bois afin d'encercler le camp et creusèrent de profondes fosses tout autour. Une façon de faire que les Belges avaient apprise des Romains, par l'entremise de captifs qui avaient réussi à s'enfuir. Puis, les Nerviens se mirent à fabriquer des tours et des faux, et à disposer leurs guerriers en formation de tortue hérissée de javelots, comme le faisaient leurs ennemis. Enfin, au septième jour du siège, ils jetèrent des javelots enflammés et des pierres de fronde d'argile brûlante sur les maisons gauloises que les Romains occupaient, enflammant les toitures de chaume.

Quintus Cicéron se retrouvait donc dans une position fort inconfortable. Il avait tenté d'envoyer plusieurs messagers, mais tous s'étaient fait tuer sous ses yeux. Au lever du septième jour, un Nervien du nom de Vertico, qui vivait dans l'oppidum depuis leur arrivée, vint offrir ses services en échange d'une forte somme.

– Rends-toi auprès de César, lui ordonna Cicéron. Dis-lui ce qui se passe ici et demande-lui de venir au plus vite avec des renforts…

Avec mille précautions, Vertico réussit à se glisser hors du camp. Il se mêla aux Nerviens qui mettaient le siège devant le camp romain. Puis, constatant qu'on ne s'occupait pas de lui, il en profita pour fausser compagnie à ses compatriotes et se hâta d'aller retrouver César à Samarobriva.

Ce fut en fin d'après-midi le lendemain que César eut connaissance de ce qui se passait au camp de Cicéron. Immédiatement, des messages furent expédiés chez les Bellovaques, les Morins et les Atrébates afin que les légions qui y étaient stationnées le rejoignent de toute urgence, même de nuit. Il ordonna aussi à Labienus de le rallier, mais ce dernier l'informa que les Trévires venaient également de se rebeller et qu'il ne pouvait donc pas quitter sa position.

Ce fut donc avec sept mille hommes seulement que César se porta au secours de Cicéron. Il écrivit une lettre en grec et la fit porter au commandant du camp par un auxiliaire gaulois. Il voulait à tout prix éviter que son courrier tombe aux mains de rebelles qui auraient su lire le latin.

Cependant, l'émissaire se rendit vite compte qu'il ne pourrait pas entrer dans le camp sans attirer l'attention. Il fixa donc la lettre à la courroie de cuir qui servait à propulser sa tragule et expédia le message par-dessus la palissade. Le trait se ficha dans un poteau de bois et passa inaperçu pendant deux jours. Le troisième jour, le message fut remarqué par un centurion. Après qu'il l'eut apporté à Cicéron, ce dernier le lut à sa troupe et une grande clameur jaillit des gorges romaines. Enfin, les renforts arrivaient.

En chemin, César fit allumer des feux afin que Cicéron soit averti de son approche. Les Nerviens et leurs alliés levèrent alors le siège du camp romain et se précipitèrent vers les légions qui arrivaient.

Vertico, revenu se mêler aux Nerviens pour les espionner, reprit rapidement le chemin le menant vers César. Il le prévint que les Belges se dirigeaient directement sur lui. Le général romain fit dresser en toute hâte un camp de fortune dans la forêt et s'y retrancha du mieux possible. Lorsque les Belges les rejoignirent, les Romains avaient eu le temps de se préparer à l'assaut. Feignant la peur, César attira les Belges à l'endroit qu'il avait choisi pour la bataille. Lorsqu'il constata que ceux-ci allaient s'élancer à l'attaque des remparts qu'il avait fait ériger, il fit sortir sa cavalerie et prit les Nerviens à revers, repoussant sans difficulté les milliers d'hommes qui déferlaient sur lui. Les Nerviens, comprenant qu'il n'y avait plus rien à faire, s'éparpillèrent dans les marais et dans les bois.

Après avoir maté les Nerviens, César, pour sa part, se rendit au camp de Cicéron. Les

Romains fêtèrent leur victoire, et des messagers furent envoyés à Labienus pour le prévenir que la région était maintenant sous contrôle. En entendant cette nouvelle, les Romains qui hivernaient chez les Rèmes laissèrent éclater leur joie. Mis au courant lui aussi de la défaite des Nerviens et de la fuite d'Ambiorix des Éburons, le Trévire Indutionmare jugea plus prudent de se replier sur sa capitale et de mettre un terme à sa rébellion. De même, une coalition d'Armoricains qui pensaient attaquer Lucius Roscius, lieutenant de la XIIIe légion installée chez les Ésuviens, regagna en toute hâte ses oppida sans combattre.

– Les troubles qui ont éclaté sont trop importants pour que je regagne l'Italie, confia Jules César à Cicéron. Je vais m'installer à Samarobriva avec trois légions pour passer l'hiver.

Pendant ce temps, dans la forêt des Carnutes, Maponos, qui avait été tenu au courant jour après jour des événements qui se déroulaient dans le nord-est de la Gaule, était découragé.

Une fois encore, les chefs et rois des tribus n'avaient voulu en faire qu'à leur tête, sans coordonner leurs efforts ni se fier à un chef unique pour les mener au combat et à la victoire.

L'archidruide était désillusionné. Il se demandait s'il ne valait pas mieux abandonner l'idée de sauver la Celtie par les armes et envoyer les druides se mettre à l'abri dans cette île qu'on appelait Ériu, pour au moins sauvegarder les croyances des Celtes. Puis, son esprit lui ramena en mémoire le visage de Celtina, et il se dit que tout n'était pas perdu : l'Élue pouvait peut-être encore changer le cours de leur destin. Sa raison n'osait y croire, mais son cœur voulait s'en persuader.

Lexique

Chapitre 1

Camars : voir tome 8, *La Magie des Oghams*
Champ des Adorations : voir tome 3, *L'Épée de Nuada*
Érémon : voir tome 6, *Le Chaudron de Dagda*
Tigernmas : voir tome 7, *La Chaussée des Géants*

Chapitre 2

Grania : voir tome 8, *La Magie des Oghams*
Mirèio : voir tome 8, *La Magie des Oghams*

Chapitre 3

Emhear, fils d'Ir : voir tome 6, *Le Chaudron de Dagda*
Septennat (un) : une période de sept ans
Ulates (les) : nom des habitants d'Ulaidh

Chapitre 4

Cheval qui rue ; voir tome 7, *La Chaussée des Géants*

Chapitre 5

Anaon : voir tome 1, *La Terre des Promesses*
Évanescent (adj.) : qui disparaît graduellement

Chapitre 6

Kauco : voir tome 8, *La Magie des Oghams*
Tenir ses assises (toujours au pluriel) : se réunir pour décider de quelque chose
Travers (un) : un défaut

Chapitre 7

En aparté : à part, en entretien particulier

Chapitre 9

Annales (toujours au pluriel) : l'Histoire
Famélique : maigre
Harangue (une) : un discours solennel
Médire : dire du mal de quelqu'un
Retors : rusé, malin, astucieux

Chapitre 10

Arepenn : unité de mesure celte (une portée de flèche) qui a donné naissance au mot français « arpent »
Cognée (une) : une grosse hache servant à abattre des arbres et à fendre le bois
Sénevé (un) : l'une des plus petites graines du monde, de la famille de la moutarde
Vague scélérate (une) : une vague océanique très haute et très dangereuse

Chapitre 11

Cheptel (un) : l'ensemble des bestiaux
Éméché (adj.) : ayant trop bu, ivre

En propre : biens qui restent la propriété exclusive du mari ou de la femme et ne sont pas mis en commun
Génisse (une) : une jeune vache qui n'a pas encore eu de veau
Un : voir tome 6, *Le Chaudron de Dagda*

Chapitre 12

Pas : mesure romaine équivalant à 75 cm environ

Chapitre 14

Fidchell (le) : jeu celtique ressemblant aux échecs
Grief (un) : un motif de plainte

Personnages et lieux issus de la mythologie celtique

Anaon : les esprits des bois
Anwn : le domaine des non-êtres du Síd
Arawn : le maître des morts du Síd
Blanc Cornu d'Aé : un taureau appartenant à Aillil
Brun de Cúailnge : un taureau convoité par Mebd
Cromcruach : Puissance des Ténèbres, le serpent cornu
Cuchulainn : dit aussi le Chien de Culann ou le chien du forgeron, héros d'Ulaidh, fils du dieu Lug et de Dechtiré
Cythraul : le maître d'Anwn et des non-êtres du Síd
Diairmaid : le fils de Mac Oc et de Caer, un commandant des Fianna
Druide Noir : un méchant druide des Tribus de Dana

Grannus : le soleil
Maponos : l'archidruide, dit le Sanglier royal
Sadv : la biche blanche, mère d'Ossian
Uath : un géant de Mhumhain

Les Thuatha Dé Danann (les tribus de Dana)

Brigit : la déesse des Poètes, des Forgerons et des Médecins, fille de Dagda
Caer : la mère de Diairmaid, l'épouse de Mac Oc, de la race des Bansidhe
Cûroi : dieu de la Mort
Dagda : le Dieu Bon
Etan, Corb et Cesarn : les trois poètes féeriques de Conn
Lug : le dieu de la Lumière, le père de Cuchulainn
Mac Oc : le Jeune Soleil, le fils de Dagda
Maol, Bloc et Buighné : les trois druides féeriques de Conn
Midir : le souverain du Síd, frère de Dagda
Morrigane : la déesse des Champs de bataille

Les Fianna

Finn : le chef de l'Ordre des chevaliers des Quatre Royaumes, roi des Fianna
Oscar : le fils d'Ossian, un Fianna
Ossian : le fils de Finn et de Sadv, un Fianna

Les Gaëls

Aed Ruad : un cosouverain d'Ulaidh, père de Mongruad

Aillil : le roi du Connachta et du Laighean
Amorgen : un druide des Gaëls
Bricriu : dit Langue empoisonnée, l'organisateur du festin
Buide : le voleur du Brun de Cúailnge
Cathbad : un druide, premier époux de Nessa
Chevaliers de la Branche Rouge : le regroupement des meilleurs guerriers d'Ulaidh
Cimbaeth : un cosouverain d'Ulaidh
Conchobar : le roi d'Ulaidh
Conn aux Cent Batailles : l'Ard Rí d'Ériu
Connall Cernach : dit le Triomphateur, membre des Chevaliers de la Branche Rouge
Cormac Conlongas : le fils du roi Conchobar d'Ulaidh
Dairé : le propriétaire ulate du Brun de Cúailnge
Dechtiré : la mère de Cuchulainn et la sœur du roi Conchobar
Dithorba : un cosouverain d'Ulaidh
Éber : le frère rebelle d'Érémon
Émer à la Belle Chevelure : la femme de Cuchulainn
Emhear : le régent d'Ulaidh
Érémon : le premier Ard Rí d'Ériu
Err et Innell : les jumeaux éclaireurs de Mebd
Étarcomol : un guerrier adolescent
Fedelm aux Neuf Cœurs : la femme de Loégairé
Fergus : le roi d'Ulaidh, dit l'Exilé
Fiachu : un Ulate exilé au Connachta
Fingen : le druide-médecin de Conchobar
Finnabair : la fille de Mebd

Fraech : le fils de Befin, sœur de Boann, femme de Dagda
Id : le cocher de Connall Cernach
Lendabair : dite la Favorite, la femme de Connall Cernach
Loeg : le cocher de Cuchulainn
Loégairé : dit le Victorieux, membre des Chevaliers de la Branche Rouge
Mac Roth : le messager de Mebd
Mebd : la reine du Connachta
Mongruad : la fille d'Aed Ruad
Nathcrantail : un jeune guerrier du Connachta
Nessa : la femme de Fergus, la mère de Conchobar
Sencha MacAileilla : dit le Sage, le druide et conseiller de Conchobar
Sodlang : le cocher de Loégairé
Sualtam : dit le Nourricier, le père adoptif de Cuchulainn
Tigernmas : l'Ard Rí d'Ériu, tué par le serpent cornu

Personnages et peuples ayant existé

Ambiens (les) : « Ceux de la rivière », peuple belge, région d'Amiens, Somme, France
Ambiorix : le Roi de l'habitat, roi des Éburons
Armoricains (les) : « Ceux qui vivent devant la mer », peuple gaulois de Bretagne, France
Atuatuques (les) : peuple germain installé en Gaule belge, région de Namur, Belgique
Aulus Hirtius : le secrétaire de César

Bellovaques (les) : peuple belge, région de Beauvais, département de l'Oise, France
Caïus Arpineius : un chevalier romain
Caïus Fabius : un lieutenant de César
Caïus Trébonius : un lieutenant de César
Carnutes (les) : peuple gaulois des Pays de la Loire, de l'Eure et du Perche, France
Catuvolcos : Faucon de combat, chef des Éburons
Centrons (les) : tribu belge dépendant des Nerviens
Cnéius Pompéius : un interprète romain
Éburons (les) : peuple belge, établi dans le Nord des Ardennes, entre la Meuse et le Rhin
Ésuviens (les) : peuple armoricain de la région d'Eu, en Normandie, France
Geidumnes (les) : tribu belge dépendant des Nerviens
Indutionmare : le roi des Trévires
Jules César : général romain
Lévaques (les) : tribu belge dépendant des Nerviens
Lucius Aurunculeius Cotta : un lieutenant de la XIVe légion
Lucius Munatius Plancus : un lieutenant de César
Lucius Pétrosidius : porte-aigle de la XIVe légion
Lucius Roscius : un lieutenant de la XIIIe légion
Marcus Crassus : un lieutenant de César
Morins (les) : peuple belge des environs de Boulogne-sur-Mer, Pas-de-Calais, France
Nerviens (les) : peuple belge des environs de Bavay, Nord-Pas-de-Calais, France
Pleumoxii (les) : tribu belge dépendant des Nerviens

Quintus Cicéron : un lieutenant de César
Quintus Junius : un chevalier romain d'origine espagnole
Quintus Titurius Sabinus : un lieutenant de la XIVe légion
Rèmes (les) : « Ceux qui sont les premiers », peuple belge de la région Variscourt, Aisne, Picardie et de Reims, Marne, Champagne-Ardenne, France
Tasgetios : roi des Carnutes assassiné
Titus Balventius : un centurion de haut rang
Titus Labienus : un lieutenant de César
Trévires (les) : peuple belge du duché du Luxembourg
Vertico : un traître nervien

Lieux existants

Aduatuca : Tongres, province de Limbourg, région flamande, Belgique
An Bhoireann : le Burren, comté de Clare, Munster, république d'Irlande
An Laoi : la rivière Lee, Munster, république d'Irlande
Chute d'Aed Ruad : cataracte Assaroe, Ballyshannon, comté du Donegal, république d'Irlande
Connachta : Connaught, république d'Irlande
Corcaigh : Cork, capitale du Munster, république d'Irlande
Cúailnge : péninsule de Cooley, comté de Louth, république d'Irlande
Douekaledonios : Grande-Mer, l'Atlantique Nord

Dún na nGall: comté du Donegal, république d'Irlande
Dún Rudraigé: Dundrum, comté de Down, Ulster, Irlande du Nord
Emain Macha: Navan Fort, Ulster, Irlande du Nord
Laighean: Leinster, république d'Irlande
Mhumhain: Munster, république d'Irlande
Mosaenn: la rivière de boue, la Meuse, France
Rhenos: *Renus* en latin, le Rhin, France
Samara: la Somme, France
Samarobriva: Amiens, département de la Somme, Picardie, France
Sruth na Murascaille: le Gulf Stream
Tara: Hill of Tara, comté de Meath, république d'Irlande
Ulaidh: Ulster, Irlande du Nord

Constellations et étoiles

Creiddylad, fille de la mer et fille de Lyr: Cassiopée
La Lyre de Dagda: la Lyre et l'étoile Vega
March, le Petit Cheval: le Petit Cheval
Le Messager du Síd: le Cygne

Personnages Inventés

Aghna: surnommée Petit Agneau, fille du chef des guerriers de Tara
Arzhel: surnommé Prince des Ours ou Koad, le mage de la forêt, apprenti druide de Mona
Celtina: surnommée Petite Aigrette, prêtresse de Mona, l'Élue

Dadera : le druide de Mebd
Fierdad : un Fianna, apprenti druide de Mona, un ami de Celtina
Iorcos : surnommé Petit Chevreuil, apprenti druide de Mona
Macha la noire : la Dame blanche
Maève : la Grande Prophétesse
Malaen : le cheval tarpan de Celtina
Ultán : guerrier ulate du clan d'Aed Ruad

La production du titre: *Celtina, Le Chien de Culann* sur 6 660 lb de papier EnviroScolaire 100 plutôt que sur du papier vierge aide l'environnement des façons suivantes:

Arbres sauvés: 57
Évite la production de déchets: 1 632 kg
Réduit la quantité d'eau: 154 352 L
Réduit les matières en suspension dans l'eau: 10,3 kg
Réduit les émissions atmosphériques: 3 583 kg
Réduit la consommation de gaz naturel: 233 m^3